Allison Rushby

Der
Maulbeer-
baum

Allison Rushby

Der Maulbeerbaum

Aus dem Englischen von Dieter Fuchs

Urachhaus

Die Originalausgabe erschien unter dem Titel *The Mulberry Tree*
bei Walker Books Limited, London SE11 5HJ.

ISBN 978-3-8251-5182-9

Erschienen 2019 im Verlag Urachhaus
www.urachhaus.de

© 2019 Verlag Freies Geistesleben & Urachhaus GmbH, Stuttgart
© 2018 Allison Rushby
Die Veröffentlichung in deutscher Sprache wurde mit
Walker Books Limited, London SE11 5HJ vereinbart.
Umschlagillustration und Vignetten: Nina Schmidt
Gesamtherstellung: CPI books GmbH, Leck

Am Maulbeerbaum geh nur behutsam vorbei,
sonst holt er die Töchter sich,
eins,
zwei,
drei,
im Dunkeln und heimlich – spurlos sogar,
erleben sie nie ihr zwölftes Jahr.

Auf dem Land

Immy saß zwischen ihren Eltern und betrachtete die Frau im blauen Businessanzug, die auf dem Tisch vor sich ein paar Ordner übereinanderstapelte.

»Hemingford d'Arcy wird Ihnen gefallen«, sagte die Frau. »Sie tun gut daran, sich für das Landleben zu entscheiden. Na ja, hier in Cambridge wäre es sicher auch schön für Sie, aber draußen auf dem Dorf ist es einfach herrlich. Dort gibt es viel Platz, strohgedeckte Cottages und ein entzückendes kleines Schulhaus … Wie Sie vielleicht wissen, übersiedeln ganz viele Leute aus London hierher und pendeln zur Arbeit in die Stadt.«

Immy, ihre Mutter und ihr Vater zuckten gerade mal mit den Wimpern und sagten kein Wort. In Wahrheit wussten sie es nämlich *nicht*. Sie waren aus dem weit entfernten Sydney nach England gekommen, damit Immys Mutter in einer Spezialklinik am Rand von Cambridge arbeiten konnte. Keiner von ihnen war je zuvor hier gewesen. Deshalb hatten ihre Eltern ja diese Immobilienmaklerin angeheuert – um ihnen bei der Suche nach einer Wohnung und Dingen wie einer geeigneten Schule behilflich zu sein. Alle drei Familienmitglieder waren übernächtigt und etwas von der Rolle. Sie dachten an nichts anderes, als dass es daheim in Australien jetzt Mitternacht war und sie viel lieber im Bett liegen würden. Immy wusste nicht einmal, welcher Tag heute war. Mittwoch? Nein, eher Donnerstag.

»Also dann.« Die Frau stand auf und klemmte sich ihre Ordner unter den Arm. Einer davon trug die Aufschrift »Helen«, und Immy erinnerte sich daran, dass die Frau so hieß. Helen schenkte ihnen ein strahlendes Lächeln. »Ich weiß, dass Sie sehr müde sind. Also, was sagen Sie: Machen wir uns auf die Suche nach einem Plätzchen für Sie? Ich habe hier vier Objekte, und eines davon wird sicher Ihren Vorstellungen entsprechen.« Sie warf einen Blick auf den Ordner, der als einziger noch immer auf dem Schreibtisch lag. »Ach, das wollte ich ja auch noch überprüfen. Wie alt bist du jetzt, Imogen?«

»Fast elf«, antwortete Immy.

»Aber du bist es noch nicht?«

»Nicht ganz. In einem Monat.«

»Verstehe.« Erneut trat ein Lächeln in ihr Gesicht, nur dass es Immy jetzt etwas bemüht vorkam. Helen tätschelte kurz den Ordner und ließ ihn auf dem Tisch liegen. »Dann gehen wir mal, oder?«

Helens schwarzer Mercedes tuckerte durch die herrlich grüne Landschaft und brachte Immys Familie von einem Mietobjekt zum nächsten. Nachdem sie zwei Häuser angesehen hatten, kam es Immy vor, als befänden sie sich mitten in *Goldlöckchen und die drei Bären*. Genau wie im Märchen wirkte alles irgendwie zu groß, zu klein, zu warm oder zu kalt, nur dass sie sich leider für keines richtig begeistern konnten. Das erste Haus war nicht nur dunkel und winzig, es roch auch total modrig. Das zweite, eine ausgebaute Scheune, sah von außen toll aus, aber beim Hineingehen merkten sie schnell, dass die Inneneinrichtung nicht dazu passte. Alles war viel zu modern, vom blauen Licht über die knallweißen Fliesen bis hin zu einer komplett in Chrom gehaltenen Küche.

»Das sieht ja aus wie im OP!« Immys Mutter, von Beruf Herzchirurgin, hatte ganz entsetzt umhergeblickt.

»Mich erinnert es eher an *Star Trek*«, hatte Immys Vater gemeint. Er war zur Anrichte gegangen, hatte sich mit ausgebreiteten Armen aufgestützt und eine ernste Miene aufgesetzt. »Bordtagebuch, Sternzeit 2386.82. Wir konnten das gesuchte Haus noch nicht entdecken. Deshalb setzen wir die Reise in die unbekannte Landschaft um Cambridge fort.«

Immy hatte gelacht, ohne recht zu wissen warum – wegen des Witzes oder weil ihr Vater so tat, als sei er der Kapitän dieser Reise. Tatsächlich war es aber nicht er, der sie nach all den furchtbaren Dingen, die passiert waren, auf die andere Seite der Erdkugel befördert hatte.

Direkt angrenzend stand ein sauberes, kleines Backsteinhäuschen, das wiederum zu einer ganzen Reihe sauberer, kleiner Backsteinhäuschen gehörte. Immys Mutter hatte dementsprechend gefunden, dem Haus fehle so etwas wie Ausstrahlung. »Denkst du, die Dursleys wohnen mehr links oder eher rechts?«, hatte sie Immy zugeflüstert, als Helen außer Hörweite war.

Das war also auch nichts. Aber Helen schien es mit Fassung zu tragen. Sie brachte die Familie Watts wieder nach draußen, wo am Himmel graue Wolken aufzogen. Als sie dann den Motor gestartet hatte, drehte sie sich kurz zu Immy und ihrem Vater um, die auf der Rückbank saßen.

»Das Beste habe ich bis zum Schluss aufgespart. Sie werden begeistert sein. Eine sehr schöne Vierzimmerwohnung in einer ehemaligen Mühle. In unmittelbarer Nähe ist eine Schleuse, Sie können also im Sommer die Boote auf dem Kanal betrachten. Es gibt dort einen Schwan mit acht flauschig-grauen Küken. Und zur Schule geht man nur eineinhalb Kilometer durch den Wald. Ein richtiges Idyll, sozusagen.«

»Das klingt ja herrlich«, hatte Immys Mutter voller Hoffnung gemeint.

Und das war es tatsächlich. Die alte Mühle war fantastisch – ein großes sandfarbenes Backsteingebäude, das direkt an einer alten Steinbrücke mit nur einer Fahrspur stand. Unten plätscherte munter der Fluss, und wie versprochen schwamm der Schwan mit seinen Jungen auf und ab – alles wie im Bilderbuch.

Trotzdem war auch die Mühle nicht das Richtige. Schon sehr schön, aber eben nicht das Richtige.

»Ich weiß nicht recht«, sagte Immys Mutter, als sie über den knirschenden Kies zurück zum Auto gingen. »Wir haben noch nie in einer Wohnung gelebt. Ich hatte gehofft, es gibt einen Garten.«

»Zu dem Haus gehört eine eigene Blumenwiese.« Helen zeigte auf eine Holzgatter, hinter dem sich offenes Gelände erstreckte.

»Also, ich habe noch nie eine eigene Blumenwiese gehabt«, meinte Immys Vater.

»Na ja, mitten in Sydney gibt es die ja auch eher selten«, erwiderte Immys Mutter. Seufzend drehte sie sich zu Helen um. »Wenn wir jetzt alle Objekte gesehen haben, würden wir heute Abend über dieses hier beratschlagen. Wäre das in Ordnung? Wir wussten, dass wir vermutlich nicht alles Gewünschte bekommen würden. Und vielleicht ist es ja der Garten.«

Eine Windböe fuhr in ihre Haare und Jacken, und alle begaben sich rasch zum Auto.

Helen steuerte den Wagen über die schmale Steinbrücke, die von der Mühle ins Dorf führte, dann bogen sie rechts ab und befanden sich auf der langen Hauptstraße mit ihren strohgedeckten Häusern. Sie waren rosa, gelb, weiß oder terrakottafarben gestrichen und insgesamt derart schnuckelig, dass sie gar nicht real, sondern eher wie eine altmodische Postkartenansicht wirkten. Von der Rückbank aus beobachtete Immy ihre Mutter, die sehnsüchtig aus dem Seitenfenster schaute.

Im Grunde ihres Herzens wollte sie genau so etwas. Immy wusste nur allzu gut, welche Art von Immobilien ihre Mutter Abend für Abend auf den entsprechenden Internetseiten angesehen hatte. Sie wollte ein perfektes Haus mit Strohdach und ebenso perfektem Garten, in dem sie ein perfektes Leben führen konnten – wo alles wieder gut werden würde. Immy sah zu ihrem Vater, der ihren Blick bemerkte und seine Miene schnell in eine Art Lächeln umwandelte. Das machte er ständig. Immy fand es furchtbar. Stirnrunzelnd wandte sie sich wieder ihrem Seitenfenster zu.

Und genau da erblickte sie es.

»Halt!«, sagte sie und schlug fest auf Helens Rückenlehne. »Sofort anhalten!«

Das Lavendel-Cottage

Helen fuhr sofort rechts ran und schrammte mit dem Rad gegen den Bordstein. »Was ist denn los?«, fragte sie. »Ist dir schlecht?«

Aber Immy antwortete nicht. Sie hatte bereits den Sicherheitsgurt gelöst und die Autotür geöffnet und war dabei auszusteigen. Ihr Blick war starr auf das Haus vor ihr gerichtet, das in cremigem Weiß gestrichen war und eine entzückende, kanariengelbe Tür hatte. Das Stroh auf dem Dach wirkte wie eine Zuckerglasur, und als Dekorationskirsche gab es eine Taube, die da oben herumspazierte, als sei sie die Besitzerin des Hauses. Der Vorgarten war voller Lavendel, der sogar noch über den weißen Holzzaun hinausragte. Immy strich mit der Hand über die Blüten, roch dann daran und sog den erfrischenden Duft ein. Noch interessanter fand sie aber das Schild neben dem Gartentor – das gelb-blaue Schild mit der Aufschrift »Zu vermieten«. So eines hatte an jeder der besichtigten Immobilien gehangen.

Mittlerweile war auch Immys Mutter aus dem Auto gestiegen und stand jetzt neben ihr. Ihr Vater kam nur wenige Sekunden später an ihre andere Seite.

Helen brauchte etwas länger, aber als sie dann da war, stand sie nur mit zusammengebissenen Zähnen da.

»Das sieht ja perfekt aus«, sagte Immys Mutter. »Können wir einen Blick reinwerfen?«

»Ähm …«, war alles, was Helen dazu meinte.

Immy sah zu ihrer Mutter, der die Enttäuschung ins Gesicht geschrieben stand. »Oh je, es ist doch nicht etwa schon vermietet?«

»Ich …«

Jetzt waren alle Blicke auf Helen gerichtet.

Diese schüttelte aber den Kopf. »Es tut mir leid, aber das ist nicht das Richtige für Sie.«

Immys Mutter legte die Stirn in Falten. »Aber warum denn nicht?«, fragte sie. »Es erfüllt viele unserer Erwartungen. Es hat Charme. Es liegt nah bei der Schule. Es hat einen herrlichen Garten. Übersteigt es vielleicht unsere Möglichkeiten?«

»Nein.« Helen blickte nervös nach links und rechts, als wollte sie sichergehen, dass ihnen hier niemand zusah. »Geld hat damit nichts zu tun.«

»Dann würden wir es gerne besichtigen«, sagte Immys Mutter mit fester Stimme. Man merkte, dass ihre Stimmung mit jeder Minute schlechter wurde. Wenn Helen wusste, was gut für sie war, würde sie das Haus sofort aufschließen.

Gut möglich, dass Helen das spürte, denn sie lief zurück zum

Auto. »Ich habe den Ordner mit sämtlichen Unterlagen im Büro gelassen.« Dann schwieg sie, wohl in der Hoffnung, Immys Mutter würde das einsehen. Immy musste an den Ordner denken, den Helen auf dem Tisch gelassen hatte.
»Das macht nichts«, sagte Immys Mutter entschlossen. »Wir würden es trotzdem gern sehen. Den Schlüssel haben Sie doch, oder?«
Helen ließ die Schultern sinken. »Ja«, sagte sie und ging das letzte Stück zum Auto, wo sie den Kofferraum öffnete. Sie griff nach einer großen Metallkiste und holte einen Schlüsselbund heraus.
Gemeinsam gingen sie auf das Gartentor zu, das sich mit einem freundlichen Knarren öffnete und wieder schloss, und stiegen durch eine Wolke aus Lavendelduft die Stufen zur Eingangstür hinauf. In den Lavendelbüschen schwirrten dicke Hummeln umher, und dazwischen standen immer wieder Wildblumen, die sich im Wind bewegten, als würden sie zu einer unhörbaren Musik tanzen. An der Tür hing eine Keramiktafel mit dem Schriftzug »Lavendel-Cottage«. Helen schloss die Eingangstür auf und öffnete sie.
»Oh!«, sagte Immys Mutter, die als Erste hineinging. »Alles voller Möbel. Hier wohnt ja jemand.«
»Nein«, erwiderte Helen. »Die Familie vermietet es möbliert.«
Immy folgte ihrem Vater ins Haus und riss gleich die Augen auf. So etwas hatte sie noch nie gesehen. Sie fühlte sich wie in einem Puppenhaus. Der winzige, mit Fliesen ausgelegte Eingangsbereich führte direkt ins Wohnzimmer. Dieses war

so klein, dass es gerade mal ein dunkelgelbes Sofa und zwei Lehnsessel gleicher Machart fasste, die vor einem großzügig gemauerten Kamin standen. Die Wände hatten die gleiche Farbe wie die Außenfassade, während die massiven Holzbalken an der Decke wirkten, als würden sie das Zimmer umarmen.

Immys Vater betrat den Wohnbereich. »Hmm«, brummte er mit Blick auf die niedrige Decke, bevor er wieder zu Immy sah. »Werde ich das schaffen?«

Immy verfolgte, wie er mit dem Kopf einem Balken auswich. »Gerade so!«

»Ist das vielleicht ein Omen?« Er verzog bedeutungsvoll die Augenbrauen.

Immys Mutter ging auf all das nicht ein, sondern sah Helen scharf an. »Die Familie vermietet es möbliert? Aber wir haben doch *ausdrücklich* nach möblierten Objekten gefragt. Ich kann nicht verstehen, warum Sie uns dieses Haus nicht gleich zu Anfang gezeigt haben.«

»Ich … weil …«, stammelte Helen.

Immy wartete nicht auf Helens Erklärung. Ihre Aufmerksamkeit galt dem seitlich gelegenen Raum. Sie hatte ein merkwürdiges Gefühl. Es war, als *müsste* sie da sofort hinein. Sie ging an den drei Erwachsenen vorbei, durchquerte den Vorraum und betrat das kleine Esszimmer. Es bestand hauptsächlich aus einer Anrichte und einem kleinen, runden Holztisch mit vier Stühlen. Das Gefühl, weitergehen zu müssen, wurde noch stärker. So stark, dass sie sich ganz benommen fühlte.

Sie durchquerte die Küche mit Schränken aus hellem, auf Hochglanz poliertem Holz. Die Wände waren in einem gemütlichen Grün gehalten, während die Deckenbalken auch hier für ein Gefühl der Schwere sorgten.
Nach draußen.
Immy wurde von einer weiteren Welle erfasst und drehte sich auf dem Absatz um. Genau das wollte sie – hinausgehen.
Ihr Blick fiel auf eine Flügeltür am anderen Ende des Esszimmers, die vermutlich in den Garten führte. Wie in Trance ging Immy darauf zu. Die Hand bereits auf der Klinke, hörte sie Absätze über die Bodenfliesen klappern.
»Nein!«, erklang Helens Stimme. »Imogen! Halt!«
Immy zuckte zusammen und drehte sich zu Helen um, hinter der ihre Eltern ankamen und ganz verstört dreinblickten.
Sie merkte, dass ihr Gefühl nicht mehr da war. Sie fühlte sich wieder ganz normal.
Helen schlug sich die Hand auf die Brust, als sei sie ganz erleichtert, dass Immy noch im Haus war. »Geh da bloß nicht raus. Du bist ein Mädchen und wirst bald elf. Das ist einfach nicht sicher.«

Der Maulbeerbaum

Es wurde still im Esszimmer.

»Verzeihung, aber habe ich da richtig gehört?«, fragte Immys Vater schließlich. Er und Immys Mutter betraten den Raum und stellten sich links und rechts neben ihre Tochter.

Helen lehnte sich an den Türrahmen. »Ja, Sie haben richtig gehört.« Verzweifelt hob sie die Hand. »Sie werden sagen, das ist lächerlich. Und ich schwöre, dass ich normalerweise auch nicht an so etwas glaube. Ganz sicher nicht. Aber es ist so, dass die Leute … na ja, sie würden es nicht gut finden, dass ich Ihre Tochter hierhergebracht habe. Die Besitzer wohnen immer noch im Dorf, aber selbst wollten sie nicht hier wohnen, weil sie eben auch eine elfjährige Tochter haben. Sie haben ein paar Straßen weiter ein möbliertes Haus gemietet. Ich zeige Ihnen mal, wovon ich spreche, aber bitte gehen Sie nicht nach draußen.«

Helen durchquerte das Zimmer und quetschte sich an Immy und ihren Eltern vorbei.

Sie machte die Flügeltür auf.

Immy und ihre Eltern drängten sich in die geöffnete Tür, um zu sehen, was denn um Gottes willen da draußen sein könnte. Immy hatte keinerlei Idee. Eine Art *Erdtrichter*? Oder gar ein *Schwarzes Loch*, so wie Helen sich aufführte.

Sie erblickten einen großen Garten, aber im Gegensatz zu der einladenden Vorderseite des Gebäudes gab es hier keinerlei Blumen oder Hummeln. Alles war düster und von Schatten überzogen, weil auf der linken Seite ein Baum stand – ein unglaublich großer Baum, der sich wie ein Dach über den gesamten Garten und sogar noch das Cottage selbst ausbreitete. Immy stockte der Atem, und mit pochendem Herzen glitt ihr Blick den mächtigen und vollkommen knorrigen Stamm hinauf. Etwa auf halber Höhe fingen dicke Äste an, sich wie Arme auszubreiten und nach außen hin zu kräftigen schwarzen Fingern zu verjüngen, die unbarmherzig und drohend nach dem Cottage griffen. Obwohl Sommer war, gab es keinerlei Laub. Nicht ein einziges Blatt. Nur tintenartige Dunkelheit, die den Himmel darüber komplett verbarg. Es sah aus, als wolle der Baum das Cottage am Stück verschlingen.

Er war widerwärtig. Der widerwärtigste, hässlichste, gemein aussehendste, übellaunigste Baum, den Immy je gesehen hatte.

Sie konnte den Blick nicht von ihm wenden.

»Gott, was für ein Maulbeerbaum«, sagte Immys Vater. »Der muss ja steinalt sein.«

»Das ist er auch«, sagte Helen. »Mindestens fünfhundert

Jahre, wobei das Cottage selbst aus dem siebzehnten Jahrhundert stammt.«

»Erstaunlich, dass er es so lange gemacht hat«, sagte Immys Mutter. »So hässlich, wie er ist.«

Vielleicht lag es an Immys Einbildung, aber kaum hatten diese Worte den Mund ihrer Mutter verlassen, war ihr, als würden sich die Finger des Baums noch weiter ausstrecken. Nach dem Haus. Nach *ihr*. Sie trat einen Schritt zurück und rumste in ihren Vater.

»So etwas sollten Sie nicht sagen«, sagte Helen scharf.

»Na ja, er wird mich ja wohl kaum hören.« Immys Mutter blickte zu Helen.

»Und wenn doch?«, fragte Immy, ohne groß nachzudenken. Bislang hätte sie nicht gedacht, dass Bäume hören können, aber bei diesem hier … sie war sich nicht so sicher.

Helen sah sie an. »Im Dorf gibt es viele Leute, die das glauben – die den Baum für verhext halten. Tatsache ist, dass im Lauf der Jahre zwei Mädchen … na ja … aus diesem Haus verschwunden sind. Beide am Vorabend ihres elften Geburtstags, deshalb habe ich auch gleich nach deinem Alter gefragt.«

Immy und ihre Eltern starrten Helen mit offenem Mund an.

»Ist das Ihr Ernst?«, fragte Immys Vater.

Aber sie konnten auch so sehen, dass Helen keine Witze machte.

»Wenn das wirklich stimmt, dann gibt es hier wohl eher eine Person mit zweifelhaftem Charakter. Ich nehme an, das wurde alles von der Polizei untersucht?«, meinte Immys Mutter.

»Eine richtige Polizei gab es hier erst so ab 1850, und das erste Mädchen ist davor verschwunden – wenn ich mich recht erinnere, so gegen Ende des achtzehnten Jahrhunderts. Der zweite Fall wurde definitiv untersucht, denn das Mädchen verschwand 1945, aber soweit ich weiß, blieben alle Nachforschungen ergebnislos. Sehen Sie die beiden Astknoten da am Stamm?«

Immy und ihre Eltern suchten den Baum ab, so gut sie das von ihrer Position aus konnten. Aber genau wie Helen gesagt hatte, waren zwei große Knoten erkennbar – einer weiter oben, der andere mehr Richtung Wurzel. Immy konnte sehen, dass im unteren eine weiße Rose steckte, was merkwürdig war, schließlich gab es hier hinten ja keine einzige Blume.

»Es heißt, dass am Tag nach dem Verschwinden der Mädchen jeweils ein neuer Knoten entstand – dass der Baum sich irgendwie ihrer Seelen bemächtigte.«

Im Schatten des Baumes begann Immy zu frösteln.

»Deshalb sind die Besitzer für einen gewissen Zeitraum ausgezogen. Ihre Tochter wird bald elf und soll ihr zwölftes Lebensjahr auch tatsächlich beginnen.«

»Das ist ja wohl die albernste Geschichte, die ich je gehört habe. Was für ein abergläubischer Unsinn!«, sagte Immys Mutter und zerstörte damit die unheimliche Stimmung.

»Knoten können durch alle möglichen Dinge entstehen – durch abgestorbene Äste, durch Beschneiden, durch Krankheiten. Sie haben nichts damit zu tun, dass kleine Mädchen verschwinden.«

Immy musste ihrer Mutter beipflichten – es war tatsächlich die albernste, abergläubischste Geschichte, die man je gehört hatte. Und dennoch, wenn sie hier so neben diesem Maulbeerbaum stand ...

Sie glaubte jedes einzelne Wort.

Helen zuckte nur mit den Schultern.

»Wenn alle diesen Baum hassen, warum hat ihn dann noch keiner entsorgt?«, fragte Immys Vater.

»Er ist so alt, das er unter Naturschutz steht«, erklärte Helen. »Es ist verboten.«

»Trägt er Früchte?«, wollte er wissen.

Helen sah ihn verstört an. »Wie es heißt, konnte man hier eimerweise ernten, aber das hat aufgehört, als das erste Mädchen verschwand.«

Immys Mutter machte ein Geräusch, das irgendwo zwischen Lachen und Schnauben lag. »Na, dann sehe ich mir mal den Rest des Hauses an«, sagte sie. »Kommst du, Immy?«

Immy warf einen letzten Blick in Richtung Baum. »Ja, in Ordnung, Mum«, sagte sie nach einem kurzen Moment. Sie folgte ihrer Mutter in die Küche, wo diese sich über Einbauherde im Allgemeinen und Speziellen ausließ. Von dort aus gingen sie durch den Eingangsbereich und stiegen dann die schmale Treppe hinauf, wobei Immy ihre Hand über die Fachwerkkonstruktion in der Wand gleiten ließ. Oben angekommen, bemerkte sie, dass das ganze Cottage im Grunde nur aus

vier Räumen bestand. Unten gab es Wohnzimmer und Esszimmer sowie die Küche, oben ein großes und ein kleineres Schlafzimmer, dazwischen ein winziges Bad. Immy bog nach rechts in das kleine, das Kinderzimmer. Der Verputz zwischen dem Fachwerk war zitronengelb gestrichen, und ein Spiegel am Wandschrank verstärkte nicht nur die Farbe, sondern machte das Zimmer auch größer. Es gab einen alten, aber neu lackierten weißen Tisch samt Stuhl sowie eine weiße Kommode. Rechts an der Wand stand noch ein Einzelbett mit weißem Metallrahmen.
Immy ging durchs Zimmer auf das Fenster zu, zögerte aber vor dem letzten Schritt. Wie vermutet, war vor ihr der Maulbeerbaum, der mit den Fingern eines alten Weibes rhythmisch ans Fenster klopfte. Sie zuckte zusammen, als hinter ihr ein Knarren ertönte.
»Hoffentlich habe ich dir unten keine Angst eingejagt«, sagte Helen ganz besorgt auf der Türschwelle.
»Nein«, erwiderte Immy, obwohl ihr in Wahrheit das Herz bis zum Hals schlug. »Alles in Ordnung.«
Immys Eltern tauchten hinter Helen auf, und alle drei quetschten sich zu ihr ins Zimmer. Genau wie sie selbst es getan hatte, ging auch ihr Vater auf das Fenster zu und sah sich den Baum an.
»Natürlich hat das Cottage jede Menge Charme, aber um ganz ehrlich zu sein: Die Besitzer werden Ihre Bewerbung kaum in Betracht ziehen«, erklärte Helen.
Immy sah zu ihrer Mutter. Oh-oh. Ihr zu sagen, etwas sei

unmöglich, war nicht besonders klug. Aber zu Immys Überraschung sah ihre Mutter nicht so aus, als sei sie restlos überzeugt von dem Cottage. Sie kam zu Immy und legte den Arm um sie.
»Fahren wir zurück nach Cambridge«, sagte sie zu Helen. »Wir rufen Sie an, wenn wir wissen, was wir wollen.«

Eine Entscheidung

Nach einer kurzen, ungeplant eingeschobenen Mittagspause im Hotel ging Immys Mutter ins Krankenhaus, um die Sache mit ihrem Dienstausweis zu regeln. Immy und ihr Vater zogen hingegen los und machten eine Stocherkahnfahrt – ein Student manövrierte sie mit einer langen Stange über den Fluss Cam. Sie saßen auf weichen Kissen, fuhren geräuschlos unter den niedrigen Bögen der Steinbrücken hindurch und sahen die grasbewachsenen Flächen auf der Rückseite der College-Gebäude. Wenn ihr Vater nicht herblickte, streckte Immy die Hand ins kalte Wasser.

Zum Abendessen traf sich die Familie in einer Pizzeria. Immys Vater schrieb die zur Auswahl stehenden Objekte auf eine Papierserviette.

»Also.« Sein Stift schwebte über der Liste. »Was streichen wir zuerst?«

»Das muffige«, sagten Immy und ihre Mutter gleichzeitig.

Er strich den Namen durch.

Als Nächstes kam das Dursley-Haus dran. Dann das *Star-Trek*-Haus.

Damit waren nur noch die Wohnung in der umgebauten Mühle und das Lavendel-Cottage übrig.

Immys Vater betrachtete stirnrunzelnd die Serviette. »Nicht zu glauben, dass sie es so genannt haben«, sagte er. »Da gäbe es doch sicher bessere Namen. Zum Beispiel Mörderbaum-Cottage. Oder sie hätten es gar nicht groß benennen und lieber ein Schild mit der Aufschrift *Warnung vor dem Baum* anbringen sollen.«

Immy und ihre Mutter mussten lachen.

»Also«, fuhr er fort. »Welches davon nehmen wir?«

Alle drei sahen sich erwartungsvoll an.

Immy dachte an die Wohnung. Wirklich schön, und die jungen Schwäne waren so süß. Es würde Spaß machen, sie zu füttern, jeden Tag durch den Wald zur Schule zu gehen und dabei den Wechsel der Jahreszeiten zu beobachten. Aber das Lavendel-Cottage … das Lavendel-Cottage war aufregend. Sie musste an den Baum denken, an seine knorrigen Finger, die von außen ans Fenster des Kinderzimmers klopften. Es lief ihr kalt den Rücken hinunter.

»Das Lavendel-Cottage«, sagte sie schnell, bevor sie es sich wieder anders überlegen konnte.

»Im Ernst?«, fragten ihre Eltern gleichzeitig und sahen sie überrascht an.

»Hast du keine Angst vor diesem Maulbeerbaum?«, schob ihre Mutter nach.

Natürlich hatte sie Angst. Aber sosehr sie den Baum meiden wollte, sosehr fühlte sie sich von ihm angezogen und wollte mehr über ihn wissen.

»Ihr habt doch gesagt, das Ganze wird ein Abenteuer, Mum«, sagte Immy. »Also bitte, hier haben wir eines.«

»Mit Abenteuer war aber nicht Lebensgefahr für unser Kind gemeint.«

Immy merkte, dass ihre Eltern sie in Richtung der leichteren Variante – der Wohnung – drängen wollten. Sie würde sie also überzeugen müssen. Sie betrachtete den Tisch vor sich und überlegte kurz, bevor sie wieder zu ihrer Mutter sah. »Ein Baum kann keine Mädchen entführen«, sagte sie. »Das wissen wir doch alle.«

»Ja, aber vielleicht etwas anderes«, sagte ihr Vater schnell. »Zum Beispiel ein Mensch.«

Erneut dachte Immy kurz nach und rief sich die Daten ins Gedächtnis. »Über das erste Mädchen wissen wir nichts, aber wenn jemand das zweite im Jahr 1945 entführt hat, dann ist diese Person mittlerweile tot oder doch zumindest sehr, sehr alt. Aber auch so kenne ich die Regeln. Nicht mit Fremden reden. Nicht in fremde Autos steigen, außer ihr sagt, das geht in Ordnung. Und Dad wird vor und nach der Schule zu Hause sein. Wenn er mag, kann er mich sogar hinbegleiten und auch wieder abholen. Außerdem ist mein Geburtstag an einem Wochenende. Wir könnten die Nacht woanders verbringen, um auch wirklich *ganz* sicher zu gehen.«

Ihre Eltern sahen sich an, und an ihren Mienen konnte Immy

ablesen, dass sie gewonnen hatte. Beide waren Ärzte und dachten gern logisch. Nichts hörten sie lieber von ihr als ein schlagendes Argument.

»Also, was denkst du?«, fragte Immys Vater ihre Mutter. »Sollen wir uns bewerben?«

Während ihre Eltern noch einmal die Vor- und Nachteile des Cottage zusammenfassten, betrachtete Immy ihren Vater. Er war vollkommen bei der Sache, und für diesen kurzen Moment sahen seine Augen aus wie früher – ganz klar, und nicht von Gedanken an die Vergangenheit getrübt.

Schlussendlich bestand Immys Mutter darauf, dass sie die Sache überschlafen und erst am nächsten Morgen eine Entscheidung treffen sollten. Nur für den Fall, dass einer seine Meinung ändern würde.

Nächtliches Geflüster

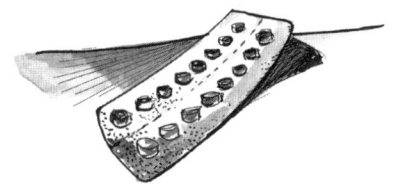

In der Nacht gab es Geflüster. Immy träumte, die Worte seien um die Äste des Baumes geschlungen, der im Dunkeln nach ihr tastete. Um den Stamm herum tanzten Mädchen und sangen dabei ein merkwürdiges Lied, das sie nicht kannte. Sie wachte abrupt auf, merkte, dass andere Stimmen – echte Stimmen – sich gegenseitig flüsternd zur Ruhe mahnten, und schlief gleich wieder ein.

Als das Schlagen der Zimmertür sie erneut weckte, hob sie den Kopf und sah, dass es bereits hell war. Ihr Vater hatte ein Tablett mit Heißgetränken in der Hand und eine Papiertüte zwischen den Zähnen. Der Geruch von Zimt und Butter drang zu ihr.

»Tut mir leid, mein Schatz«, sagte er, nachdem er die Papiertüte auf dem einzigen Tischchen im Zimmer abgelegt hatte. »Ich wollte dich nicht wecken. Ein Rosinenbrötchen? Und Kakao?«

Immy gähnte und nickte gleichzeitig. Sie wollte schon fragen,

wo ihre Mutter war, hörte dann aber das Wasser in der Dusche rauschen. Sie verließ ihr Ausziehbett und setzte sich zu ihrem Vater an den Tisch. Er stellte den Kakao vor sie hin, nahm vorsichtig den Deckel ab und riss dann die fettige Tüte mit den Rosinenbrötchen auf. Immy nahm sich eines und versuchte nicht hinzusehen, als ihr Vater zwei Tabletten aus ihrer silbrigen Verpackung drückte. Er schluckte beide mit etwas Wasser hinunter und ließ den glänzenden Packungsstreifen auf dem sonnenbeschienenen Tisch liegen. Als Immy ihn jetzt beobachtete, fiel ihr das nächtliche Geflüster wieder ein. Es war dabei auch um diese Tabletten gegangen, wie schon seit rund einem Monat. Ihr Vater hatte sie nicht nehmen wollen. Für ihn sei seine Traurigkeit kein Problem, hatte er Immys Mutter erklärt.
Die war aber anderer Meinung. Deshalb nahm er die Tabletten jetzt einmal pro Tag.
Immy schaute aus dem Fenster und sah den Leuten zu, die draußen über das Kopfsteinpflaster eilten und dabei mit Handtäschchen, Aktentaschen, Handys und Kaffeebechern jonglierten. Dann dachte sie noch weiter zurück. An eine Nacht, in der sie ebenfalls Geflüster gehört hatte. Damals schlief sie in einem anderen Ausziehbett – dem Rollbett im Haus ihrer Freundin Grace. Genau wie vergangene Nacht war sie von Stimmen aufgewacht. Sie waren lauter geworden und wie eiserne Schwerter aneinandergeknallt.
Nicht lange danach war der Vater von Grace ausgezogen.
Damals hatte Immy gedacht, so etwas würde bei ihnen nie

passieren. Nächtliches Streiten und Flüstern gekoppelt mit langem, angespanntem Schweigen – das war für sie schlichtweg nicht vorstellbar. Ihre Eltern lagen sich ständig in den Haaren – welches der richtige Weg beim Autofahren ist, dass man die Seidenhemden nicht zusammen mit den Jeans waschen darf, wer die Milch ausgetrunken und trotzdem keine neue gekauft hat. Aber nicht wegen Dingen, die wirklich wichtig waren. Zumindest bis jetzt. Immy spürte, wie ihr Brustkorb ganz eng wurde. Sie sah zu ihrem Vater, der friedlich seine Zeitung las.
»Wie ist der Kakao?«, fragte er, ohne aufblicken.
»Gut«, sagte Immy, obwohl sie ihn noch nicht einmal angerührt hatte.
In Australien hatte ihr Vater als Allgemeinmediziner gearbeitet. Er teilte sich mit vier anderen Ärzten eine Praxis in einem alten Holzhaus, das in einem Vorort mit vielen anderen Holzhäusern stand. Die Leute, die hier wohnten, waren größtenteils alt, und viele davon waren seine Patienten. Jedes Jahr mussten sie von ihrem Vater eine Bescheinigung holen, dass sie noch Auto fahren durften. Und jedes Jahr musste er ihnen sagen, dass er diese Bescheinigung nicht ausstellen könne und sie den Führerschein abgeben müssten. So leid ihm das tat, wusste er doch, dass es notwendig war – es war für die Patienten selbst viel zu gefährlich. So kam es wenig überraschend, dass er einem dreiundachtzigjährigen Patienten namens Bob sagen musste, er könne die Bescheinigung nicht mehr ausstellen. Im Jahr zuvor war das noch möglich gewesen, aber

im Lauf der zwölf Monate hatte sich Bobs Sehvermögen verschlechtert. Bob hatte gefleht und gebettelt, er möge doch ein Herz haben und das Formular unterschreiben. Er hatte Immys Vater daran erinnert, dass er ja Tag für Tag ein paar Stadtteile weiter fahren müsse, um seine Frau im Pflegeheim zu besuchen. Ihr Vater hatte vorgeschlagen, er solle doch den Bus nehmen oder seinen Sohn bitten, sich nach möglichen Taxizuschüssen zu erkundigen. Als er dann in der Krankenakte nachsah und die Telefonnummer von Bobs Sohn entdeckte, machte er sich eine Notiz, um diesen Sohn später, mit etwas mehr Zeit, noch anzurufen. Leider war Bob überhaupt nicht einsichtig gewesen. Er hatte gesagt, ohne Führerschein würde er das alles nicht schaffen. Trotzdem ließ ihr Vater sich nicht zur Unterschrift bewegen.

»Es tut mir leid«, hatte er zu Bob gesagt. »Das wäre nicht richtig.«

Bob war aus dem Sprechzimmer gestürmt und hatte gedroht, dann eben einen anderen Arzt aufzusuchen.

Nur dass er das nicht tat.

Stattdessen setzte er sich einfach weiterhin ans Steuer. Und sechs Wochen später übersah er einen Zebrastreifen und überfuhr eine Frau mit Kinderwagen und Baby drin.

Beim Gedanken daran klammerte sich Immys Hand so fest um ihren Becher, dass der Kakao fast überschwappte.

Niemand hatte ihrem Vater das vorgeworfen – außer er selbst. Wenn er doch nur den Sohn angerufen hätte. Wenn er sich doch nur ein paar Minuten länger Zeit genommen, gemeinsam mit Bob den Linienplan angesehen und dem alten Mann gezeigt hätte, wie leicht man das Pflegeheim per Bus erreichen könne. Wenn er doch nur selbst überprüft hätte, welche Taxizuschüsse möglich sind.

Die Monate vergingen, und Immys Vater bewegte sich in einer langen Abwärtsspirale an einen einsamen, düsteren Ort, an dem es nichts anderes gab als »Wenn«. Er konnte nicht mehr schlafen. Er konnte nicht mehr arbeiten.

Und er schaffte es nicht, dafür bei Immys Mutter Verständnis zu erlangen.

»Ich weiß, dass du an deinen Patienten Anteil nimmst«, sagte sie wieder und immer wieder. »Deshalb bist du ja auch so ein wundervoller Arzt. Aber du bist kein Babysitter. Ihr Leben müssen sie einfach selbst leben. Du hast recht daran getan, dass er den Führerschein abgeben muss. Er wusste genau, dass er nicht mehr fahren durfte, und hat es trotzdem gemacht.«

»Ein bisschen mehr Anteilnahme hätten mich nur ein paar Minuten gekostet.«

»Diese Minuten summieren sich, Andrew. Du hast ja auch noch andere Patienten. Kranke Menschen, die dich dringender brauchen.«

»Aber ...«

Ihr Vater hatte viele, genauso viele »Abers« wie »Wenns«. Immy hatte ihre eigenen »Wenns«. Wenn ihr Vater nur vergessen könnte, was mit Bob passiert ist. Diesem Idiot von Bob, der Auto gefahren war, obwohl er das nicht durfte. Nach dem Unfall hatte sich sein Herz genau wie das Sehvermögen rapide verschlechtert, und er war im gleichen Pflegeheim wie seine Frau gelandet. Nicht einmal ins Gefängnis hatten sie ihn gesteckt! Es gab zwar eine Gerichtsverhandlung, aber er war mit einer Bewährungsstrafe davongekommen.

Unbegreiflicherweise hatte ihr Vater ihn dann sogar im Pflegeheim besucht. Als er von dort zurückkam, erzählte er, Bob hätte geweint. Immy fand das unmöglich. Besser gesagt wurde sie richtig wütend. Sie schrie ihren Vater an. Sie schrie, weil er überhaupt erst hingegangen war. Sie war selbst überrascht, wie sehr sie sich darüber ärgerte. Es war, als seien alle bislang unterdrückten Gefühle plötzlich hochgekocht und nach draußen geschleudert worden. Ihr Vater hatte erwidert, sie müsse einfach einsehen, dass jeder seine eigenen Schlachten zu schlagen habe. Natürlich hätte Bob einen Fehler gemacht, einen Fehler mit ganz schlimmen Folgen. Er wollte unbedingt, dass seine Frau glücklich sei, und hätte alles daran gesetzt, um nach einem langen, gemeinsamen Leben auch jetzt noch zusammen sein zu können. Immy wollte das als Argument nicht gelten lassen. Ihrer Meinung nach hatte Bob genau das bekommen, worauf er von Anfang an aus war – jetzt lebte er ja mit seiner Frau zusammen und brauchte gar kein Auto mehr. Sie hatte gesagt, dass Bob eigentlich hinter Gitter gehöre, und zwar für immer. Ihr Vater hatte nur geseufzt und gemeint, Bob hätte sich sein eigenes Gefängnis gebaut und würde sich darin bis an sein Lebensende bestrafen.

Die Badezimmertür ging auf, und Immys Mutter kam zum Vorschein.

»Ach, ihr seid schon auf!«, sagte sie und zeigte mit der Zahnbürste auf Immy und ihren Vater. »Und am Frühstücken. Gut gemacht.«

Immy wartete ab, ob ihr Vater das vielleicht in den falschen Hals bekommen würde. Das passierte in letzter Zeit öfters. Um den Frieden zu wahren, schob sie sich ein halbes Brötchen in den Mund und bemerkte erst dann, dass das ihr erster Bissen überhaupt war.

»Also, wir haben eine Entscheidung zu treffen«, sagte ihre Mutter. »Was ich mir aber überlegt habe … wenn wir bei dem Lavendel-Cottage und der umgebauten Mühle unsicher sind, können wir auch hier in Cambridge etwas suchen. Auch wenn das vielleicht ein bisschen länger dauert.«

Immy sah kauend von ihrer Mutter zu ihrem Vater, um zu erfahren, was er dazu sagte. Irgendwie fand sie es gut, dass sie am Umziehen waren und dadurch viel zu erledigen hatten. Alle waren beschäftigt. Lange nachdenken konnte sie allerdings nicht. Sie hörte kurz auf zu kauen, als ihr etwas klar wurde. Was würde sein, wenn sie wieder zur Ruhe kämen? Wenn alles geklärt wäre und sie in ein Haus oder eine Wohnung ziehen würden, sie zur Schule ginge, ihre Mutter zu arbeiten hätte und ihr Vater ohne jede Beschäftigung daheimbliebe?

In diesem Moment sah sie wieder zu ihrer Mutter und bemerkte, dass ihr Blick zu dem silbernen Tablettenstreifen auf dem Tisch wanderte.

»Ja, ich habe sie genommen«, sagte ihr Vater tonlos.

Immy sah auf die Tabletten und dachte, das Lavendel-Cottage könnte doch vielleicht einen weiteren Nutzen mit sich bringen. Mit dem Baum in der Nähe – würden ihre Eltern vielleicht so manch anderes aus dem Auge verlieren. Wenn sie sich alle Sorgen wegen des Baums machen müssten, würde gar keine Zeit mehr bleiben, um über Dinge wie Tabletten zu streiten. Oder um darüber nachzudenken, weshalb man sie überhaupt einnehmen muss. Nach dem Traum der letzten Nacht hatte Immy sich überlegt, dass die Wohnung vermutlich die bessere Wahl wäre, aber der Gedanke daran, dass alle sich fröhlich Sorgen machen könnten, gab letztendlich den Ausschlag.

»Ichfindewirsolltenesnehmen.« Der Satz kam am Stück aus Immys Mund, und dazu leider auch ein Stück Rosinenbrötchen. »Oh, tut mir leid.« Sie nahm eine Serviette und wischte es weg. »Ich wollte sagen, wir sollten das Cottage nehmen. Meiner Meinung nach sollten wir jetzt zu Helen gehen und ihr sagen, dass wir es mieten wollen. Das Cottage ... hat alles, was wir uns vorgestellt haben, außer einem blöden alten Baum, über den die Leute sich das Maul zerreißen.« Eigentlich hatte sie den Baum nicht so nennen wollen, und erneut waren die Worte viel zu schnell aus ihr herausgekommen, aber irgendwie musste sie ihre Eltern ja schließlich überzeugen.

Die beiden sahen sich schweigend an. Dann zuckten sie mit den Schultern.

»Bist du sicher?«, fragte ihre Mutter.

»Also *sicher* sicher?«, hakte ihr Vater nach.

Nein, dachte Immy. Aber aus ihrem Mund kam etwas anderes. »Ja.« Sie stand auf und warf dabei fast ihren Kakao um.
Ihre Mutter kniff die Lippen zusammen. »Ich weiß nicht recht. Das ist vielleicht jetzt im Moment ein guter Gedanke, aber ...«
»Mum, ein Baum wird mich definitiv nicht bei Nacht entführen«, unterbrach Immy. »Das ist doch alles nur erfunden.«
Ihre Eltern sahen sich an. Schließlich zuckte ihr Vater mit den Achseln.
»Dann gehen wir jetzt zu Helen, und zwar gleich«, sagte Immy. Ihr Vater ließ den Blick über ihren Pyjama gleiten. »Vielleicht ziehst du dir vorher noch etwas Richtiges an?«
»Gute Idee, Dad«, sagte Immy und sprang über das Ausziehbett zu ihrem Koffer.
Aber in Wahrheit hätte sie den Gang auch problemlos im Pyjama gemacht, wenn ihr Vater dafür nicht mehr an Bob gedacht hätte. Und sei es auch nur für eine kurze Zeit.

Ein neues Zuhause

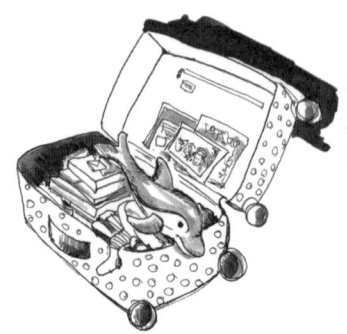

Zum Glück saß Helen gerade am Schreibtisch, als Immy und ihre Eltern die schwere Glastür der Immobilienagentur öffneten.
»Wir haben uns entschieden«, sagte Immys Mutter ohne Umschweife und ohne überhaupt erst Platz zu nehmen. »Wir würden gern für ein Jahr das Lavendel-Cottage mieten.«
Helen stand auf.
»Aha!« Für einen Moment trat Stille ein, während sie die drei betrachtete. »Wie Sie ja wissen, hat unsere Firma Sie bereits als Kunden akzeptiert, also die Referenzen überprüft und derlei. Dementsprechend kann ich jetzt einfach die Besitzer anrufen. Ich habe sie gleich gestern kontaktiert, aber sie äußerten sich eher kritisch angesichts ihrer, ähm ... Situation.«
Sie sah zu Immy.
Immys Eltern sagten nichts.
Helen räusperte sich. »Na ja, das Cottage war jetzt länger nicht vermietet, also vielleicht haben Sie ja Glück.«

Zwischen den drei Erwachsenen war eine zunehmende Spannung spürbar. Immy hatte das Gefühl, dass Helen die Cottage-Besitzer vielleicht zur Vermietung überreden würde, nur um endlich diese Familie loszuwerden.
»Wollen Sie vielleicht irgendwo einen Kaffee trinken gehen, während ich die Besitzer anrufe?«
»Nein«, meinte Immys Mutter. »Wir warten hier.«
Immy ließ den Blick zu dem kleinen Wartezimmer gleiten, das sich nur wenige Meter zu ihrer Linken befand. Es bestand aus einem winzigen Couchtischchen und vier harten Holzstühlen. Der Raum schien mehr zur Dekoration denn zum tatsächlichen Warten da zu sein.
»Aber natürlich«, sagte Helen mit dem aufgesetztesten aller Lächeln. »Es wird nicht lange dauern.«
Immy und ihre Eltern gingen hinüber zum Wartezimmer und setzten sich. Aber niemand nahm sich eine Zeitschrift vom Tisch, und die Eltern holten auch nicht ihre Handys heraus. Stattdessen lauschten alle dem Telefonat zwischen Helen und den Besitzern des Lavendel-Cottage.
»Hallo, Jessica. Ja, die Familie, von der ich Ihnen gestern erzählt habe, ist wieder bei mir. Sie würden gern für ein Jahr das Lavendel-Cottage mieten …« Ihre Stimme wurde zu einem Flüstern. »Ja, wie gesagt, ich habe ihnen alles erzählt … ähmmm … in einem Monat elf … irgendwie scheint es ihnen nichts auszumachen …« Es gab eine längere Pause, weil vermutlich die andere Person redete. »Also gut, wenn *Sie* kein Problem damit haben, dann machen wir es.«

Vom Wartezimmer aus war zu hören, wie ein Telefonhörer aufgelegt wurde und daraufhin ein Bürostuhl nach hinten rollte. Immy und ihre Eltern standen bereits, als Helen eintrat – erneut oder immer noch – das versteinerte Lächeln im Gesicht.
»Wenn Sie das Cottage wünschen, können Sie es für ein Jahr haben«, sagte sie. »Wie Sie wissen, ist es möbliert, samt Waschmaschine und Kühlschrank – Sie brauchen nur noch die beweglichen Dinge. Unsere Agentur betreibt auch einen Verleih, der Sie bei Bedarf mit Sachen wie Wäsche, Geschirr oder Besteck versorgt. Am späteren Nachmittag könnte alles vor Ort sein.«
»Das hört sich gut an, Helen.« Immys Mutter lächelte dabei genauso aufgesetzt wie Helen.
»Dann drucke ich mal schnell die Papiere aus.« Helen ging zu ihrem Schreibtisch, gefolgt von Immys Mutter.
Immy sah zu ihrem Vater, der sich die Hände rieb. »Haus abgehakt«, sagte er. »Nächster Halt: Auto mieten.«

Zur Mittagszeit waren Immy und ihre Eltern nicht nur im Besitz der Hausschlüssel, sie hatten auch ein Auto gemietet, die Sachen aus dem Hotel geholt, ein paar Einkäufe erledigt und den Weg zum Lavendel-Cottage gefunden.
»Wärst du so freundlich?«, fragte Immys Vater und gab ihr den Schlüssel für die leuchtend gelbe Eingangstür. Immy steckte ihn ins Schloss und machte die Tür weit auf.

Innen war es vollkommen still. Die drei betraten den Vorraum und sahen sich um. Immy machte für einen Moment die Augen zu, um zu überprüfen, ob sich das gleiche merkwürdige Gefühl wie gestern einstellen würde. Das Gefühl, das sie hinaus in den Garten gezogen hatte. Und ob sie etwas hören würde.
Aber da war nichts.
Um genau zu sein, erschien das Haus sogar ein bisschen *zu* still.
Ihr Vater bewegte sich als Erster und ging ins Wohnzimmer zu einem der Lehnstühle, in den er sich mit dem Gesicht zum Kamin niederließ. Er streckte die Arme nach vorne, als wolle er sich die Hände wärmen. »Mein eigener Kamin«, sagte er. »Ich kann es kaum erwarten, hier ein schönes Feuer prasseln zu sehen.«
Ihre Mutter lachte. »Aber es ist Sommer! Was für ein Höhlenmensch du bist.«
»Stellt es euch doch vor. Weihnachten, ein Feuerchen, geröstete Kastanien, ein Gläschen Eierpunsch, dort drüber der Christbaum.« Er deutete auf eine der Zimmerecken.
»Du hast ja schon alles durchgeplant«, sagte ihre Mutter.
»Und ich bekomme ein Hündchen?«, fragte Immy.
Beide Eltern lachten. »Netter Versuch«, sagten sie dann gleichzeitig.
Als sie die beiden so sah, blieb ihr für einen Moment das Herz stehen: Sie musste daran denken, wie es früher einmal gewesen war.

Aber dann stand ihr Vater auf. »Schluss mit der Träumerei, Schatz. Lasst uns die Koffer auspacken, bevor der Lieferwagen kommt.«

ಬ

Der Vater hievte Immys Koffer nach oben in ihr Zimmer, schloss ihn auf und öffnete den Reißverschluss. »Viel Spaß!«, wünschte er seiner Tochter mit spitzbübischem Grinsen.
Immy wartete, bis er verschwunden war, und ließ dann vorsichtig den Blick durch ihr Zimmer gleiten – sie sah den Schreibtisch, den Stuhl, die Kommode, das Bett und den Spiegelschrank.
Und natürlich den Baum, der draußen seinen langen Schatten warf. Der Wind musste aufgefrischt haben, denn die Spitze eines Zweigs kratzte so langsam wie beharrlich am Fenster. Das quietschende Geräusch sorgte dafür, dass sich auf Immys Unterarmen die Härchen aufrichteten.
Als der Schreck etwas nachließ, ging sie zum Fenster und zog mit abgewandtem Blick die Vorhänge zu. Sie versuchte sich einzureden, dass sie keine Angst vor diesem Baum hatte und nur etwas Zeit brauchte, um sich an ihn zu gewöhnen. An seine Gegenwart. An seine Geräusche.
Es war ja nur ein Baum.
Quietsch, erklang erneut das Geräusch.
»Pssst«, befahl sie und klang dabei viel mutiger, als sie tatsächlich war. Sie drehte dem Fenster den Rücken zu. Jetzt konnte sie sich auf das Zimmer als solches konzentrieren.

Um ganz ehrlich zu sein, machte ihr das Auspacken *tatsächlich* Spaß. Sobald die langweiligen Dinge wie das Einräumen von Hygieneartikeln und das Aufhängen von Klamotten erledigt waren, hatte sie viel Freude daran, den richtigen Platz für Fotos und andere Gegenstände zu finden. Sie dachte an das Mädchen, das vor ihr hier gewohnt hatte. Wie war sie so? Wie hatte ihr Zimmer ausgesehen? Würden sie in die gleiche Klasse gehen? Würden sie Freundinnen werden?

»Immy«, rief ihr Vater dann nach etwa einer Stunde.

»Ja, Dad?«

»Sandwich!«

Erst jetzt bemerkte sie, wie hungrig sie eigentlich war. Sie ließ ihre paar mitgebrachten Bücher zurück und rannte die steile Treppe hinunter. Einmal schnell um die Ecke und schon stand sie in der Wohnküche.

»He! Langsam auf der Treppe«, sagte ihre Mutter, während sie Fruchtsaft und belegte Brote aus dem Kühlschrank holte und auf den Tisch stellte.

»Okay.« Immy sah zu ihrem Vater, der an der geöffneten Flügeltür stand.

»Wollen wir's wagen?« Er streckte ihr die Hand entgegen.

Immy ging durchs Wohnzimmer. Und als sie ihren Vater erreichte, nahm sie seine Hand, auch wenn sie fand, dass sie dafür eigentlich schon viel zu alt war.

Im Garten

Immy hielt den Blick fest auf den Boden gerichtet, bis sie direkt unter dem Baum standen. Der eigene Herzschlag dröhnte ihr in den Ohren. Er war so laut, dass ihn mit Sicherheit auch der Baum hören konnte.
Sie bemerkte noch ein weiteres Geräusch. Da, eingewoben zwischen die Herzschläge. Es war etwas anderes. Höher, fast schwebend. Eine Art Lied. Sie kannte es von irgendwoher. Hatte es schon einmal gehört.
Das Geräusch verschwand, als Immy den Blick nach oben richtete. Die Äste des Baums durchzogen den Himmel wie strömendes Gift. Der Baum selbst roch merkwürdig. Muffig und alt, als sei er bis obenhin voll mit verwesenden Geheimnissen.
Dann stach ihr etwas Helles ins Auge und sie erkannte bei genauerem Hinsehen, dass im unteren Baumknoten eine weitere weiße Rose steckte. Immy sah sich zur Sicherheit noch einmal um, aber im gesamten Garten wuchsen ein-

fach keine weißen Rosen. Um genau zu sein, wuchs hier gar nichts, abgesehen von den Hecken, ein paar Grasflecken und einem abgekämpften Bäumchen, das neben dem Holzgatter stand und aussah, als wolle es so schnell wie möglich von hier verschwinden. Erst jetzt merkte Immy, dass ihr Vater ihre Hand losgelassen hatte und zur Hecke gegangen war. Sie lief schnell zu ihm, denn so ganz allein wollte sie nicht in der Nähe des Baumes sein.

»Diese Hecken brauchen dringend einen Schnitt«, sagte er und fuhr mit der Hand darüber. »Helen sagt, wir könnten einen Gärtner beauftragen. Aber die Hausbesitzer haben ihre ganzen Geräte im Schuppen gelassen, deshalb denke ich, ich mache es selbst. Ein bisschen die Gärtnermuskeln trainieren, verstehst du?« Er ging zum Holzschuppen in der Ecke des Gartens. »Ach, die Vorzüge des Landlebens! Nichts ist abgeschlossen.« Er öffnete den Verschlag und sah hinein. »Rasenmäher, Heckenschere … sogar ein altes Laufgitter. Sollen wir das verwenden, damit du nicht in Schwierigkeiten kommst?« Er warf ihr einen Blick zu.

Immy sah ihn nur an.

Er machte den Schuppen zu und sie gingen weiter in die hinterste Ecke des Gartens.

»Und was haben wir denn hier?«, sagte er, als sie das Gatter erreichten.

Immys Vater öffnete das Gatter und ließ sie beide durch.

»Oh!«, sagte Immy, denn sie stellte fest, dass sie jetzt in einem fremden Garten waren – einem Garten mit strahlend grünem

Rasen, perfekt getrimmten Hecken und Unmengen der herrlichsten weißen Rosen.

Da sie sich offenbar auf fremdem Grund und Boden befanden, machten beide einen Schritt zurück und zogen das Gatter hinter sich zu.

»Vielleicht könnten wir ein Schälchen Zucker borgen?«, schlug ihr Vater vor.

»Oder ein paar Gartentipps einholen?«, meinte Immy mit einem Blick auf die kümmerlichen Grasflecken bei ihnen.

»Da ist was dran.«

Immer noch unternehmungslustig, gingen sie wieder an Schuppen und Hecke vorbei, um seitlich am Haus entlang in den vorderen Garten zu gelangen.

Hier trafen sie auf eine Explosion der Natur. Der Lavendel stand in voller Blüte und ließ sein Violett mit dem Rot der Mohnblumen wetteifern. Die dicken Hummeln durchzogen gemächlich die bunte Pracht und sahen dabei aus wie Fische in einem Korallenriff.

Während sie das Treiben beobachtete, merkte Immy, dass parallel dazu ein Lied erklang. Auf und ab bewegten sich die Singstimmen wie beim Refrain eines Kinderreims. Es erinnerte ein bisschen an »Ringel, Ringel, Reihe« und »Spannenlanger Hansel«.

Da war es wieder – das Lied, das sie schon zuvor gehört hatte. Genau wie vergangene Nacht im Traum. Sie drehte sich um, um herauszufinden, woher das Lied kam. Auf der anderen Straßenseite stand ein Mann und beobachtete sie. Etwas weiter die Straße hinunter waren drei Mädchen, die ebenfalls herübersahen. Aber merkwürdigerweise sangen sie nicht. Niemand sang.

Hatte sie sich das Lied nur eingebildet?

Immy betrachtete die Mädchen. Zwei waren blond, eines hatte dunkle Haare, und alle drei sahen neugierig zu ihr herüber.

Immys Vater drehte sich ebenfalls um, um zu erfahren, worauf sie sich konzentrierte. »Diese Mädchen sind so alt wie du. Vielleicht gehen sie sogar in deine Klasse. Geh doch rüber und sag hallo!«

Immy fragte sich, ob ihr Vater sich denn gar nicht an seine eigene Kindheit erinnerte.

»Nein, Dad«, sagte sie.

»Wenn du magst, komme ich mit.«

Ganz offenbar erinnerte er sich *wirklich* nicht.

»Na los.«

»Nein, Dad.«

»Geh schon.«

»Nein.«

»Geh!«

»Du hörst nicht auf, bis ich doch rübergehe, oder?«

»Nein.« Dad benutzte ihre Standardantwort und hatte den allergrößten Spaß dabei.

Aber bevor sie noch weiterstreiten konnten, winkte der Mann auf der anderen Straßenseite sie zu sich herüber.

»Wären Sie vielleicht so freundlich?«, rief er.

Immys Vater sah zu ihr nach unten. »Wir sollten beide gehen.«
Sie öffneten das Gartentor und überquerten die Straße.
»Tut mir leid, dass ich Sie hier rüberlocke«, sagte der Mann lachend, als sie ihn erreichten. »Es ist nur so, dass ich selbst aus diesem Dorf bin. Und ein alter Aberglaube besagt, dass man nur auf dieser Straßenseite gehen soll. Wegen dem Baum da.«
Für einen Moment herrschte Stille.
»Ich verstehe«, sagte Immys Vater schließlich. »Echt ein Jammer.«
»Inwiefern?«, fragte der Mann.
»Na ja, es ist schade, dass niemand am Haus vorbeigeht. Es hat so einen schönen Garten.«
Der Mann lachte. »Ja, das stimmt. Zumindest, was den vorderen Teil betrifft.« Er streckte die Hand aus. »Ich bin Mark Godwin. Von den *Hemingford D'Arcy News*.«
»Andrew Watts.« Immys Vater schüttelte ihm die Hand. »Und das ist meine Tochter Imogen. Die *News*, das ist wohl die örtliche Tageszeitung, richtig? Bei uns am Kamin gibt es einen ganzen Stapel davon.«

Immy sah ihren Vater streng an. Er redete ja gern, aber manchmal wäre es besser, er würde davor etwas nachdenken.
Erst durch Immys Blick wurde ihm klar, was er da eigentlich gesagt hatte. »Oder vielmehr … ich meine … ich habe sie da liegen sehen. Gestern Abend habe ich aber auch reingeschaut. Scheint echt ein gutes Blatt zu sein. Man erfährt definitiv, was in der Gegend so passiert.«

Mark nickte. »Na ja, wir bekommen so gut wie alles mit. Neuigkeiten verbreiten sich schnell hier. Als bekannt wurde, dass jemand ins Lavendel-Cottage einzieht, dachte ich, ich schreibe etwas darüber.« Mit diesen Worten zog er ein Notizbuch und einen Kugelschreiber heraus.

Immys Vater war überrascht. »Über uns? Aber da gibt es nicht viel zu berichten. Meine Frau ist Herzchirurgin. Sie ist für eine zwölfmonatige Spezialausbildung hier. Und ich … nehme ein Sabbatjahr.«

»Aha, verstehe …« Mark kritzelte das in sein Notizbuch, aber dennoch bemerkte Immy, dass er immer wieder zu ihr sah. »Und du gehst dann hier zur Schule, Imogen?«

»Ja«, sagte Immy und warf einen Blick auf die drei Mädchen, die jetzt hinter ihrem Vater herankamen, ohne dass er sie bemerkte.

»Sie freut sich schon darauf«, sagte ihr Vater.

»Na klar! Und, ähm, wie alt bist du, Imogen?«

Ngh. Das war natürlich, was er *eigentlich* wissen wollte. Immys Mund wurde schmal.

»Ich verstehe«, sagte ihr Vater an ihrer Stelle. »Es geht also um den Baum. Ich denke, dass wir darüber keinen Artikel wollen, danke für Ihr Verständnis. Das würde nur noch mehr Unsinn in Umlauf bringen.«

»Unsinn? Sie glauben also nicht an den Fluch?«

Immys Vater runzelte die Stirn. »Na ja, sonst wären wir ja wohl kaum eingezogen, oder?«

»Vermutlich nicht.«

»Zu glauben, dass ein Baum ein Kind entführt, ist wirklich lächerlich. Wohin genau sollte er es denn entführen?«

»Nicht Kind – Kind*er*«, erwiderte Mark.

Immy ahnte, was jetzt kommen würde, und sah ängstlich auf die Mädchen, die mittlerweile in Hörweite waren. »Dad …«, sagte sie warnend.

Aber es war zu spät.

»Vollkommen gleichgültig, wie viele! Hören Sie zu – und das ist jetzt inoffiziell, denn ich will nicht, dass Sie mich zitieren und damit unseren Ruf hier ruinieren –, nach allem, was ich gehört habe, wurde das erste Verschwinden eines Kindes gar nicht untersucht. Da kann alles Mögliche passiert sein. Und beim zweiten war die Untersuchung vermutlich mehr als nur stümperhaft. Die Polizei hatte nicht die heutigen Technologien zur Verfügung, und dann herrschte auch noch Krieg. Dazu kommt die Sache mit diesen Baumknoten. Also das ist ja wohl wirklich so, wie meine Frau der Maklerin erklärt hat: Jeder Idiot weiß, dass die Dinger durch Krankheiten oder Fehler beim Schnitt entstehen. Nicht durch entführte Kinder. Das Lavendel-Cottage ist ein wunderschönes Häuschen mit einem wunderschönen Garten und einem extrem alten Maulbeerbaum – und damit hat es sich! Hier auszuziehen, war nicht sehr klug von dieser Familie. Wirklich leid tut mir aber diese arme Tochter. Ich meine, man lässt ein Kind in dem Glauben aufwachsen, dass es bald vom Baum geholt wird!? Diese Eltern sind ja vollkommen verrückt! Aber keine Sorge: Wir werden uns am Vorabend von Immys Geburtstag mit allem

eindecken, was es an abergläubischem Schnickschnack gibt – vierblättrigen Kleeblättern, Hasenpfoten und so weiter. Also nur für den Fall, dass diese ganzen Verrückten doch recht haben.« Er ließ seine lange Ansprache in schallendes Gelächter übergehen.
Nur dass außer ihm niemand lachte.
Immy sah ihren Vater entsetzt an. Sie wusste, dass abergläubisches Gerede sein bevorzugtes Hassobjekt war, nur, musste er das gerade hier so lang und breit betonen? Just in diesem Moment?
Aber so war er eben, ihr Herr Vater. Wenn es um Wissenschaft und Logik ging, hatte er einfach keinerlei Verständnis dafür, dass andere Menschen möglicherweise anders dachten als er. Er konnte einfach nicht begreifen, dass die Dorfbewohner dem Baum die Schuld am Verschwinden der Kinder gaben.
»Dad«, flüsterte sie. Er war so sehr in Fahrt, dass er die Mädchen in seinem Rücken immer noch nicht bemerkt hatte. Ganz im Gegensatz zu Immy. Denn während ihr Vater alles abließ, was er so auf dem Herzen hatte, beobachtete sie vor allem das dunkelhaarige Mädchen. Sie konnte sehen, wie ihr Gesicht wutverzerrt und dabei genauso dunkel wurde wie ihre Haare. Jetzt drehte sie sich wortlos um und ging weg, gefolgt von den beiden anderen Mädchen.
Immys Vater sah hinter sich und erblickte die drei. »Ach, du liebe Zeit«, sagte er, als ihm klar wurde, dass sie alles mitbekommen hatten.

Immy wollte auch etwas sagen, nur dass ihr nichts Passendes einfiel. Mark hingegen zog eine Grimasse: »›Du liebe Zeit‹ trifft es in etwa. Und falls es Sie interessiert: Die Dunkelhaarige ist die von Ihnen erwähnte ›arme Tochter‹.«

Die Dorfwiese

Als der Journalist merkte, dass aus Immys Vater nichts Druckfähiges herauszuholen war, ging er seiner Wege. Immy und ihr Vater standen schweigend da und verdauten, was sie soeben erlebt hatten.
»Die Mädchen sind da langgegangen«, sagte Immys Vater schließlich und zeigte in die entsprechende Richtung. »Ich denke, ich sollte ihnen nach und mich entschuldigen.« Er setzte sich in Bewegung.
»Aber … unser Essen«, sagte Immy, die das im Grunde für keine gute Idee hielt. »Mum hat uns doch ein Sandwich gemacht.«
»Das kann auch warten«, sagte er seufzend. »Komm mit.«
Immy war klar, dass er einen Entschluss gefasst hatte. Sie konnte jetzt entweder mit ihm streiten oder ihm einfach folgen. Also ging sie ihm nach und hoffte dabei nur, dass die Mädchen nach Hause gerannt waren.

Am Ende der Straße bogen sie scharf rechts ab und erblickten eine weitläufige Grünfläche. Sie sah aus wie ein angelegter Park.

»Aha, die Dorfwiese«, sagte Immys Vater.

»Die was?«

»Na ja, eine Art Park. Ein Treffpunkt für die ganze Gemeinde. Vermutlich feiern sie hier Feste, machen Sonnenwendfeuer, Hexenverbrennungen und so Zeugs.«

»Hexenverbrennungen?« Immy zog eine Augenbraue hoch.

»Du weißt doch: Nichts eint eine Gemeinde so sehr wie eine ordentliche Hexenverbrennung.«

»Nur gut, dass du keine Hexe bist«, sagte Immy. Aber auch so war sie sich ziemlich sicher, dass er bald auf der Verbrennungsliste der Gemeinde stehen würde. Mit verschränkten Armen inspizierte Immy den Park. Es gab einen Spielplatz. Genauer gesagt, zwei. Einen eingezäunten für ganz kleine Kinder, mit Babyschaukeln und einer Minirutsche, sowie einen weiteren für die Größeren, auf dem sich ein burgartiges Klettergerüst, eine Seilrutsche und ein paar große Schaukeln befanden. Leider waren die drei Mädchen nicht nach Hause gerannt, sondern stattdessen hierhergekommen, um jetzt am Fuß der Kletterburg zu stehen. Auch ein paar Jungs ihres Alters waren da und lungerten ganz oben auf der Holzkonstruktion herum, wo sie eigentlich nichts verloren hatten.

»Na toll«, murmelte Immy vor sich hin. Nicht nur waren die Mädchen da, sondern auch noch die coolen Kids aus dem Dorf.

»Ich sollte vielleicht rübergehen und mich entschuldigen«, sagte Immys Vater und machte einen Schritt nach vorne.
Immy hielt ihn am Arm fest. »Nein, Dad!«
»Wie bitte?«
»Du hast schon genug Schaden angerichtet. Lass es jetzt gut sein. *Ich* werde sie um Entschuldigung bitten.«
»Ich denke nicht, dass …«
»Du bist doch wohl auch dafür, dass ich Tag Eins an dieser neuen Schule überlebe?« Sie sah zu den Mädchen, die dicht beieinanderstanden, ostentativ den Blick von ihr abwandten, sie aber dennoch immer wieder kurz betrachteten. »Bitte mach die Dinge nicht noch schlimmer für mich«, sagte sie und setzte an, den Rasen zu überqueren.
Als sie näherkam, hörten die Mädchen auf zu reden und wandten sich ihr zu. Die Jungs, die wohl schon ahnten, dass Ärger im Anmarsch war, kamen an den Rand der Kletterburg, um besser sehen zu können. Sie schienen sich irgendetwas um den Mund zu schmieren. Etwas Dunkelrotes, das sie aus einer umgedrehten Baseballmütze holten. Erst nach und nach kapierte Immy, dass sie wohl in der Nähe Beeren gesammelt hatten.
»Hi«, sagte Immy, als sie die drei Mädchen erreichte. Die Dunkelhaarige mit den braunen Augen stand einen halben Schritt vor den anderen, genau wie vorhin an der Straße. Ganz offenbar die Anführerin, dachte Immy.
Wie zu erwarten, antwortete sie nicht.
»Ich, ähm, wollte mich entschuldigen … wegen vorhin. Mein

Dad. Er sagt Dinge, ohne groß nachzudenken. Und das ziemlich oft.«

»Hast du echt keinen Schiss? Wegen dem Baum, meine ich«, erklang eine zarte Stimme. Das war nicht die Dunkelhaarige, sondern eine der beiden anderen.

Die Dunkelhaarige drehte sich um und sah sie streng an.

Über ihnen schnaubte jemand verächtlich. »Ist das so schwer zu begreifen?« Der Junge sprach mit amerikanischem Akzent. »Warum sollte sie denn Schiss haben?«

Oh weh. Immy wurde plötzlich kalt. Diese Entwicklung gefiel ihr nicht besonders.

Geschickt hangelte sich der Junge an der zweistöckigen Kletterburg herunter und landete mit einem Rumms vor dem dunkelhaarigen Mädchen. »Blitzmeldung: Nicht jeder macht sich wegen eurem dämlichen Baum in die Hosen.«

»Ich mach mir nicht *in die Hosen*«, giftete das Mädchen zurück.

»Aber ausgezogen seid ihr doch, oder?«

»Wir haben nach was Größerem gesucht, *Riley*.« Sie spuckte seinen Namen quasi aus.

»Trotzdem ein interessanter Zeitpunkt, *Caitlyn*.«

Wenn irgend möglich, wurde ihr Gesicht jetzt noch wutverzerrter als vorher – mit roten Wangen und ganz verkrampften Kiefermuskeln. Sie machte einen Schritt auf Immy zu, in ihren Augen nichts als blanker Zorn. »Du meinst also, wir sind dumm, ja? Nicht ganz bei Trost. Oder sogar verrückt?«

»Nein!« Immy hob abwehrend die Hände. »Nur … mein Dad

sagt dauernd solche Sachen. Er meint das nicht so. Ehrlich. Aberglaube ist halt nicht so sein Ding und …« Sie brach ab, denn sie merkte, dass Caitlyn ihr gar nicht zuhörte.

»Du weißt nicht, wovon du redest!«, fauchte Caitlyn. »Du weißt nichts, aber auch gar nichts! Gerade mal fünf Minuten hier und schon die Klappe aufgerissen. Du glaubst, das ist ein ganz normaler Baum? Okay, wart's ab. Wirst schon sehen.«

Immy blieb der Mund offen stehen. Sie wusste nicht, was sie darauf erwidern sollte.

»Gehen wir!« Caitlyn machte auf dem Absatz kehrt und rauschte davon, die zwei anderen Mädchen dicht hinter sich. Der Junge namens Riley drehte sich zu Immy. Er lächelte, als würde er sich köstlich amüsieren. »Das passiert, wenn man aus diesem Kaff nie rauskommt.« Er redete mit erhobener Stimme, damit auch die drei anderen Mädchen ihn noch hören konnten. »Man wechselt sein Leben lang die Straßenseite, um einem Baum auszuweichen.«

Caitlyn ignorierte ihn.

Immy hingegen wollte ein Loch graben und sich selbst darin beerdigen.

»Nerviger *könnte* die gar nicht werden, selbst wenn sie es wollte. Ständig hat sie's mit dem Baum, diesem Baum! Genau wie die anderen. Dieses ganze Dorf ist komplett bescheuert. Aber deine Eltern, sind die zum Arbeiten hier?«

Immy war so geschockt, dass Rileys Frage erst nach ein paar Sekunden bei ihr ankam. »Ähm, ja. Meine Mum. Im Krankenhaus.«

»Is ja'n Ding – meine auch.« Er stieg wieder das Gerüst hinauf zu seinen Freunden und den Maulbeeren.

Immy sah ihm beim Hochklettern zu. »Okay, wir sehen uns …«, sagte sie. Ihm schien gar nicht klar zu sein, dass er soeben ihr Leben zerstört hatte. Er *und* ihr Vater.

Riley war wieder mit seinen Freunden beschäftigt und antwortete nicht, deshalb ging Immy über die Wiese zurück zu ihrem Vater, der auf einer Parkbank saß.

»Und, wie ist es gelaufen?«, fragte er.

»Echt super, danke«, erwiderte sie. »Wir sind die allerbesten Freundinnen. Und wir wollen uns gleich heute Abend wieder treffen – bei der Hexenverbrennung.«

Jean schaut vorbei

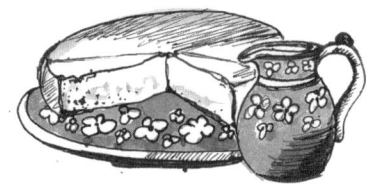

Der Lieferwagen mit dem Bettzeug und Essgeschirr kam, und die Familie verbrachte den Rest des Tages damit, für alles einen geeigneten Platz zu finden – was bei dem kleinen Cottage gar nicht so einfach war. Am Abend merkte Immy dann, wie ihr ständig dieses merkwürdige Lied durch den Kopf ging. Da sie befürchtete, in der Nacht von dem schrecklichen Baum zu träumen, zog sie die Vorhänge so fest wie möglich zu. Aber sie war so müde, dass sie sofort in einen tiefen Schlaf sank. Als sie aufwachte, konnte sie sich an keinen Traum erinnern, und auch das Lied war nicht mehr da.
Nach einem späten Frühstück saßen Immy und ihre Eltern um den Esstisch herum und erstellten eine umfassende Einkaufsliste. Es war schon zehn, als Immy aus dem Augenwinkel heraus sah, dass sich im Garten etwas bewegte. Sie drehte den Kopf, um genauer hinzusehen. Es war eine ältere Dame mit silbrig-weißem Haar und einer pfirsichfarbenen Strickweste. Sie schloss gerade das Gatter, durch das Immy und ihr Vater

am Tag zuvor gegangen waren – das Gatter, das in den Nachbargarten mit den schönen Rosen führte. Immy sah, dass die Dame etwas in der Hand hielt.
»Da ist jemand …«, begann Immy und brach gleich wieder ab, denn mit offenem Mund konnte sie sehen, wie die Frau sich dem Baum näherte. Sie sah die Frau den Arm ausstrecken, den unteren Baumknoten berühren und dann eine weiße Rose hineinstecken. Eine weitere weiße Rose. So eine wie schon gestern im Knoten gesteckt hatte. »… in unserem Garten«, schloss Immy dann ihren Satz.
»Hallo?«, rief Immys Vater.
»Oh, hallo!« Die Frau kam auf sie zu. Immy konnte erkennen, dass sie eine Kuchenplatte und ein Porzellankännchen trug.
»Ich bin Jean, aus dem Haus hinter Ihnen. Tut mir leid, dass ich so hereinplatze, aber ich wollte Ihnen einen Kuchen bringen – als kleinen Willkommensgruß.«
»Oh, wie nett von Ihnen!« Immys Mutter strahlte über das ganze Gesicht. »Ich bin Katie, und das hier sind Andrew und unsere Tochter Imogen.«
»Immy«, sagte Immy.
»Kommen Sie doch herein, bitte«, sagte Immys Mutter. »Wir wollten uns gerade noch eine Tasse Tee machen. Möchten Sie auch eine? Ein Stück Kuchen wäre perfekt dazu.«
»Das ist sehr freundlich, danke«, sagte Jean und trat durch die Flügeltür.
»Wir haben gestern Ihren Garten bewundert«, sagte Immys Vater. »Was für herrliche Rosen Sie haben!«

Jean nickte. »Danke sehr. Um diese Jahreszeit kommen sie wirklich prächtig, wenn man sich gut um sie kümmert. Also, Immy. Ich zeige dir mal, wie dieser Kuchen funktioniert. Es ist ein Spezialrezept. Am besten machst du das. Mit meinen zweiundachtzig Jahren bin ich leider schon ein bisschen zittrig, und man braucht eine ruhige Hand dafür.«
Jean stellte den Kuchen auf den Esstisch und gab Immy das blauweiße Kännchen. Immy fragte sich, ob sie es gleich an ihre Mutter weiterreichen sollte, denn als Chirurgin hatte doch garantiert *sie* die ruhigste Hand hier im Raum. Aber Jean schien ihr voll und ganz zu vertrauen.
»Du musst nichts tun, außer vorsichtig den Sirup zu verteilen«, sagte Jean und betrachtete sie aufmerksam.
Also beugte sich Immy vorsichtig nach vorne und begann, den Sirup auf den Kuchen zu gießen. Sie war davon ausgegangen, dass sich die Flüssigkeit am Tellerboden sammeln würde, aber das tat sie nicht. Stattdessen sog der Kuchen sie auf, als sei er am Verdursten.
»Er ist noch warm«, erklärte Jean. »Deshalb will er den Holundersirup gern selbst trinken.«
»Das ist wirklich sehr speziell!«, sagte Immys Mutter, und als Immy den Sirup verteilt hatte und aufblickte, konnte sie sehen, wie glücklich sie war. Sie bekam, was ihr Herz begehrte. Das gemütliche Cottage in dem malerischen Dörfchen, die ältere Nachbarin, die wunderbare Rosen züchtete und extravagante Kuchen vorbeibrachte. Blöd nur, dass es diesen fürchterlichen Baum gab und das halbe Dorf sie vermutlich

hasste. »Ich setz mal Wasser auf und bringe Teller und ein Kuchenmesser.« Immer noch strahlend, stand ihre Mutter vom Tisch auf. Immy sah ihr nach. Das könnte auch alles schlimmer sein, dachte sie. Jean hätte auch ein Bananenbrot bringen können. Und das war überhaupt nicht ihr Fall.
Alle labten sich an dem Kuchen und tranken Tee dazu.
»Dieser Kuchen ist einfach göttlich«, sagte Immys Mutter und starrte dabei auf ihre Gabel, als könne sie ihr Glück gar nicht fassen.
Und das war er auch. Er war fest und trotzdem locker und schmeckte einfach köstlich.
»Die Holunderbeeren sind aus meinem eigenen Garten«, sagte Jean. »Wenn Sie wollen, gebe ich Ihnen auch welche, mitsamt dem Rezept.«
Immys Vater lachte. »Das hätte vermutlich wenig Sinn!«
Jean sah leicht schockiert aus, aber Immys Mutter kicherte nur. »Er hat recht. Ich backe eigentlich nie selbst.«
»Dad hingegen bäckt manchmal, obwohl er es besser bleiben lassen sollte«, ergänzte Immy.
Ihr Vater zog einen Flunsch und drehte sich dann zu Jean. »Aber wenn Sie mal eine Herz-OP brauchen, schauen Sie einfach vorbei – Katie hilft Ihnen nur allzu gerne.«
»Oh! Sie sind Herzchirurgin? Das finde ich ja faszinierend! Ich habe manchmal meinem Mann bei Operationen assistiert, nur dass er auf Tiere spezialisiert war. Er war nämlich Veterinärmediziner.«
Dieses ganze Gerede über Arbeit und Küche! Immy hatte

keine Geduld mehr. »Sie sind die, die immer Blumen in den Baum steckt. Also diese Rosen. Warum tun Sie das?«
Alle drehten sich zu Immy.
»Verzeihung«, fuhr sie fort, »aber ich muss es einfach wissen.« Sie konnte einfach nicht glauben, dass jemand mutig genug war, diesen Baum anzufassen.
Immys Eltern wollten schon protestieren, da hob Jean die Hand. »Ich hoffe, das ist für Sie in Ordnung. Ich mache es jeden Tag. Seit mittlerweile, ähm … einundsiebzig Jahren. Ich habe so gut wie keinen Tag versäumt. Wenn es mal keine Rosen gab, habe ich Stechpalmenzweige genommen.«
Immys Mutter sah ziemlich verstört aus.
»Man hat Ihnen erzählt, was passiert ist? Mit den zwei Mädchen?«, fragte Jean.
»Ja, aber nicht sonderlich viel.« Immy sprach für alle drei. »Bei Weitem nicht genug.«
Jean nickte. »Das ist eben der Grund dafür, dass ich jeden Tag eine Rose bringe. Um die Erinnerung an diese Mädchen wachzuhalten, insbesondere an die, die zuletzt verschwunden ist. Sie hieß Elizabeth. Meine Freundin Elizabeth.«
»Sie kannten sie?«, fragte Immys Mutter.
»Aber ja. Sie war ein wunderbares Mädchen. Meine allerbeste Freundin. Mit grünen Augen. Man konnte richtiggehend darin versinken. Sie kam zu uns, als London bombardiert wurde – um bei ihrer Tante und ihrem Onkel hier im Lavendel-Cottage zu wohnen. Es war seit Generationen im Familienbesitz. Also seit es gebaut wurde. Aber sie konnten selbst keine Kin-

der haben und nahmen Elizabeth mit offenen Armen auf. Sie liebten sie abgöttisch, und Elizabeth fühlte sich hier im Dorf wie ein Fisch im Wasser – sie war glücklich, nicht mehr so eingepfercht leben zu müssen wie in London. Sie und ich waren sofort die allerbesten Freundinnen. Dieses Gatter da hinten hatte total ausgeleierte Scharniere, denn ständig war ich hier oder sie drüben bei mir! Aber dann verschwand sie. Am Tag der Befreiung.«

Da Immy recht verständnislos dreinblickte, erklärte sie: »Das Ende des Zweiten Weltkriegs, Immy. Der Tag, an dem die Nazis kapitulierten. Der 8. Mai 1945 war das. Ich werde ihn nie vergessen. Aus mehreren Gründen.« Sie lächelte nachdenklich.

»Das war sicher furchtbar. Also dass hier im Dorf einfach so ein Kind verschwindet«, sagte Immys Vater. »Das kann man sich gar nicht vorstellen.«

Jean nickte. »Schon beim Gedanken daran zieht sich mir das Herz zusammen. Als Kind war es schlimm, meine Freundin zu verlieren, aber jetzt, da ich selbst Mutter bin ... oh, ich darf gar nicht daran denken.«

Immys Eltern nickten zustimmend.

Jean gab einen tiefen Seufzer von sich. »Aber genau deshalb bin ich gekommen. Um Sie vor dem Baum zu warnen.«

Jeans Warnung

»Ich möchte Ihnen jetzt nicht noch mehr Unsinn erzählen. Aber die Fakten sollten Sie kennen. Elizabeth war hier. Also richtig hier. Jung und vollkommen lebendig. Dafür verbürge ich mich. Und dann, am Tag, bevor sie ihr zwölftes Lebensjahr beginnen sollte, war sie einfach ... verschwunden. Genau so, wie wir das immer von dem anderen Mädchen gehört hatten. Die hieß übrigens Bridget. Auch sie verschwand am Vorabend ihres elften Geburtstags.«
»Wenn das Cottage immer in Familienbesitz war, heißt das, die beiden Mädchen waren miteinander verwandt?«, fragte Immys Mutter.
»Ja, genau.«
Immys Mutter schob ihren Teller von sich. »Verzeihen Sie, aber glauben Sie im Ernst, dass der Baum Ihre Freundin entführt hat? Rein statistisch gesehen, muss das doch jemand gewesen sein, den sie kannte.«
»Ich weiß, dass es unmöglich ist – selbstverständlich weiß ich

das! Aber trotzdem …« Jean sah nach draußen. »Ich glaube, es stimmt.«
»Und der Knoten im Baum?«, schaltete Immy sich ein. »Ist der wirklich einfach so entstanden? Von heute auf morgen?« Jean nickte. »Aber gewiss doch.«
Ein Schatten legte sich über den Raum und machte ihn dunkler als zuvor. Immy musste schlucken.
»Neuigkeiten verbreiten sich hier schnell, und als ich hörte, dass Sie eingezogen sind und eine Tochter haben, die bald einen besonderen Geburtstag feiert … habe ich mir einfach Sorgen gemacht. Wobei ich mir sagte, dass die Situation jetzt doch anders sei als bisher. Das Haus hat ja wohl nichts mit Ihrer Familie zu tun, oder? Und Sie werden ja erst kurz hier gewesen sein, wenn …« Ihre Augen wanderten zu Immy. Es war klar, dass alle an ihren bevorstehenden Geburtstag dachten. »Oh, aber ich habe schon viel zu viel gesagt. Mir gehört das Cottage ja nicht. Aber ich musste es Ihnen sagen. Ich musste sicherstellen, dass Sie Bescheid wissen.« Jeans Hände mit den hervorstehenden Fingerknöcheln bewegten sich nervös hin und her.
Immy dachte eigentlich, dass ihre Eltern sich ärgern würden, aber das taten sie nicht. Stattdessen nickte ihre Mutter, als würde sie Jeans Ratschlag annehmen. Sie blickte zu Immys Vater. »Wenn Sie's genau wissen wollen, haben wir über ein Wochenende in Paris nachgedacht. Vielleicht machen wir den Ausflug an Immys Geburtstag. So muss sie keine Angst haben. Und die Leute im Dorf wären auch zufrieden.«
Das schien Jean zu freuen, denn sie setzte sich aufrecht hin

und lächelte selig. »Eine ausgezeichnete Idee. Paris wird dir gefallen, Immy! Die Museen, die Straßencafés, allein schon das Herumspazieren. Ganz abgesehen davon, dass es nach den ersten Schulwochen eine schöne Abwechslung wäre. Jetzt hast du nur noch eine Woche Ferien, oder?«
Immy nickte.
»Am Montag geht's ja wieder los. Ich weiß das, weil meine Tochter Claire in der Schule hier arbeitet. Aber ich will Sie nicht länger aufhalten.« Jean stand auf. »Sie sind eben erst eingezogen und haben mit Sicherheit jede Menge zu tun.«
»Ach, eigentlich nur Einkaufen«, sagte Immy, denn es wäre ihr lieber gewesen, wenn Jean weiter von dem Baum erzählt hätte. Sie wollte mehr wissen. Viel mehr. Zum Beispiel, was passierte, als die Leute bemerkten, dass Elizabeth weg war. Was die Polizei sagte. Wer nach Meinung der Polizei das Mädchen entführt hatte. Wer es nach Meinung der Dorfbewohner entführt hatte.
»Aber ihr müsst doch heute zu Abend essen, Immy, deshalb musst du deinen Eltern jetzt beim Einkaufen helfen!«, erklärte ihr Jean. »Es war schön, Sie alle kennenzulernen. Und danke für den Tee.«
Immys Eltern standen jetzt ebenfalls auf.
»Wir danken *Ihnen* für den Kuchen«, sagte Immys Vater. »Der war wirklich köstlich.«
Jean war bereits an der Flügeltür. Ohne noch einmal anzuhalten, winkte sie nur kurz über die Schulter und war verschwunden.

Die drei sahen ihr nach. Als sie am Baum vorbeikam, berührte sie kurz den Knoten – den mit der Rose.

Immys Mutter wartete, bis Jean das Gatter hinter sich geschlossen hatte, und schüttelte dann den Kopf. »Für sie ist das nicht bloß eine alberne Geschichte, oder? Sie glaubt wirklich daran. Sie denkt im Ernst, der Baum hat die beiden Mädchen verschwinden lassen.«

Am nächsten Morgen erwachte Immy vom Rauschen der Dusche und der knarrenden Treppe. Sie versuchte, wieder einzuschlafen, aber jetzt, da sie aus ihren Träumen gerissen war, wollte ihr das nicht gelingen. Sie konnte an nichts anderes denken als an die Vorhänge vor dem Fenster und dahinter … der Baum.

Ganz plötzlich war das Lied wieder da, und sie merkte, dass sie es auch im Schlaf gehört hatte. Sie versuchte, es aus ihrem Kopf zu verbannen, doch es ließ sich nicht vertreiben und fing immer wieder von vorne an.

Was war das für ein Lied? Wo kam es her? So hartnäckig, wie es war, musste sie es mit Sicherheit schon irgendwo gehört haben.

Nach ein paar Minuten stand Immy auf und ging hinunter. Ihr Vater saß am Küchentisch und ihre Mutter fegte wie ein Tornado von links nach rechts, um sich für die Arbeit fertig zu machen. Sie hatte vollkommen vergessen, dass es Montagmorgen war.

»Da kommt sie ja«, sagte ihre Mutter, in der Hand ein Toast-Dreieck. »Gestern kam eine E-Mail. Du kannst am Vormittag die Schuluniform abholen. Sie haben eine Liste geschickt.« Sie deutete mit dem Toast auf Immys Vater. »Für was haben wir uns noch mal entschieden?«
Er suchte auf dem Tisch nach einem Zettel und las vor, was dort stand. »Drei Röcke, drei Blusen, ein Pullover und so viele Socken, wie die Waschmaschine nur irgendwie fressen kann. Ab neun sind sie im großen Saal der Schule.«
Immy ächzte beim Gedanken an das viele Anprobieren, das ihr da bevorstand.
»Du wirst dort wohl auch ein paar Mitschüler kennenlernen«, sagte ihre Mutter.
Immy sah zu ihrem Vater. Durch ihn war das ja bereits geschehen. Aber offenbar hatte er ihrer Mutter nichts davon erzählt.
»Okay, ich muss mich beeilen«, sagte Immys Mutter und trank den letzten Schluck Kaffee. »Bist du sicher, dass du den Wagen nicht brauchst?«
»Nein, wir werden heute nur hier sein. Die Uniformen holen und so. Im Internet suchen, wie man einen Baum vergiftet, ohne dass es einer merkt …«
»Dad!«, schimpfte Immy.
Beide Eltern lachten.
»Wir sehen uns heute Abend.« Ihre Mutter nahm den Autoschlüssel vom Tisch, warf beiden eine Kusshand zu und war blitzartig zur Tür hinaus.

Ihr Vater stand auf. »Iss jetzt mal dein Müsli. Ich dusche kurz, dann sind wir die Ersten in der Schlange, okay?«
»Okay«, sagte Immy und ging zur Anrichte.
Sie wartete, bis sie ihn die Treppe hinaufstapfen hörte. Dann ging sie zurück zum Tisch und nahm sich sein Handy.
Seine Bemerkung über das Internet hatte sie auf eine Idee gebracht.

In der Schule

Mit einem Ohr auf die Schritte ihres Vaters achtend, tippte Immy Buchstaben in das Gerät. Ihre Finger kamen ihr viel zu langsam und unbeholfen vor, so eilig hatte sie es mit der Eingabe. Nicht etwa, weil ihr Vater grundsätzlich etwas gegen die Benutzung seines Handys gehabt hätte, sondern weil sie etwas Bestimmtes suchte. Und sie wusste, dass ihre Eltern nicht einverstanden wären, wenn sie sich allzu sehr mit diesem Baum beschäftigen würde. Immer wieder warf sie einen Blick durch die Flügeltür. Es fühlte sich an, als würde der Baum sie beobachten.
Der erste Begriff, den sie eingab, war »böse Bäume«. Das war eher unergiebig. Es gab Treffer zu einer Art Online-Rollenspiel sowie alberne Bilder von Bäumen mit roten Augen und umherfuchtelnden Armen beziehungsweise Ästen. Nach ein paar Minuten hörte sie auf zu lesen und probierte etwas anderes. Sie gab den Namen des Dorfes sowie die Namen Bridget und Elizabeth ein. Jetzt dachte sie, dass seitenweise Treffer auf-

tauchen würden, aber wirklich viel kam nicht. Nur ein paar Zeitungsartikel auf historischen Websites, die sich mit der Gegend hier beschäftigten. Darin die wichtigsten Informationen zu Elizabeth und ihrem Verschwinden am Tag der Befreiung 1945, mehr nicht. Bridget wurde nur am Rand erwähnt – in einem Artikel hieß es, die Dorfbewohner wüssten von einem Mädchen, das 1795 im selben Alter verschwunden war.

Bei ihrer nächsten Suche achtete Immy darauf, etwas präziser zu sein. Sie tippte »alter Baum England« ein und stieß auf Informationen zu heiligen Bäumen der Kelten. Sie las, so schnell sie konnte. Es ging lang und breit um Eschen, Eichen, Apfelbäume, Holunder, Haselnussbüsche, Eiben und Erlen, aber von Maulbeerbäumen war keine Rede.

Mit gerunzelter Stirn legte Immy das Handy wieder auf den Tisch. Sie sah hinaus zum Baum, der keine roten Augen brauchte, um ihr böse Blicke zuzuwerfen. Als sie ihn mit klopfendem Herzen betrachtete, hörte sie, wie oben die Dusche abgestellt wurde. Sie sprang auf und lief zur Anrichte, um sich ihr Müsli zu holen.

Kurz nach neun machten sich Immy und ihr Vater auf den Weg zur nahe gelegenen Dorfschule. Sie durchschritten das große Eisentor, das aufgeschlossen war und weit offen stand. Sie gingen an einem Fahrradständer vorbei und sahen dahinter eine Gruppe von Eltern und Kindern um die Ecke eines Backsteingebäudes gehen.

»Da lang.« Immy zeigte in die Richtung und sie gingen den anderen nach. Weder Immy noch ihr Vater hatten es besonders eilig. Mit Sicherheit hatte das, was aus dem Mund ihres Vaters gekommen war, im Dorf längst die Runde gemacht.

Als sie dann selbst um die Ecke des Backsteingebäudes bogen, sah Immy ein paar Kinder auf einem Spielplatz mit hölzernen Turngeräten, Klettervorrichtungen und Schaukeln. Nicht die Kinder von der Dorfwiese, wie sie erleichtert feststellte.

Immy und ihr Vater folgten der Gruppe weiter zu einer Tür, die in ein lang gestrecktes, hallenartig wirkendes Gebäude führte.

Es war tatsächlich eine Halle – der Saal. Der große Raum war mit Stimmen angefüllt, die von der Decke und vom Holzboden zurückgeworfen wurden. Es gab einen langen Tisch, auf dem sich graue und blaue Uniformteile türmten – graue Röcke, Hosen und Shorts sowie blaue Hemden, Blusen und Poloshirts.

Immy und ihr Vater gingen auf zwei Frauen zu, die hinter dem Tisch standen und mit Blättern herumhantierten.

»Hallo«, sagte er. »Ich heiße Andrew und sie Imogen. Immy fängt nächste Woche hier an und wir wollen die Uniformen kaufen.«

»Ach, wie reizend!«, quiekte eine der Frauen. »Ein neues Mädchen! Es gibt hier nicht viele Mädchen. Zumindest nicht in den mittleren Klassen. Das liegt daran, dass im Dorf nicht viele sind und …«

Die andere Frau drehte sich zu ihr um und sah sie mit wissendem Blick an. »Das ist die Familie aus dem Lavendel-Cottage.«

»Oh!« Die erste Frau erschrak und stand mit weit aufgerissenen Augen da. Es gab eine lange Pause. »Oh, ich verstehe.« Die beiden Frauen sahen zu Immys Vater.

»Ich, ähm …« fing er an. »Ich habe mich gestern wohl leider etwas danebenbenommen und …«

Die erste Frau schnitt ihm das Wort ab. »Mit drei von jedem wird sie klarkommen.« Sie klang etwas barsch. »Größe zwölf sollte passen. Nimm diesen Rock und die Bluse hier und probier sie an, im ersten Raum den Gang runter, gleich hinter dieser Tür dort. Dann hättest du das schon mal erledigt.«

∞

Immy probierte schweigend die Sachen an. Weder sie noch ihr Vater sagten ein Wort, bevor sie die Tür der Umkleide wieder öffneten.

»In Ordnung. Also die beiden hier und dazu noch zwei Blusen und zwei Röcke«, sagte ihr Vater.

»Und Socken«, ergänzte Immy tonlos.

»Ach ja, Socken, richtig. Warum gehst du nicht raus auf den Spielplatz, während ich das hier regele? Da waren vorhin ein paar Kinder.«

Immy wollte nicht raus auf den Spielplatz, aber bei ihrem Vater bleiben wollte sie auch nicht.

»Du solltest unbedingt versuchen, vor Schulbeginn ein paar Kinder kennenzulernen. Lade doch jemand zu uns zum Spielen ein.«

»Ich glaube nicht, dass irgendjemand Schlange steht, um uns

besuchen zu können. Nicht, wenn sogar alle die Straßenseite wechseln.« *Und wenn du dafür gesorgt hast, dass uns alle hassen*, ergänzte sie in Gedanken.
»Oje. Wir hätten vielleicht doch besser die Wohnung genommen …«
Immy zuckte mit den Schultern und folgte ihrem Vater zurück in den Saal. Vielleicht hätten sie das, aber dafür war es jetzt zu spät.
Als sie wieder in den Saal kamen, sah Immy, dass bei den beiden Frauen von vorhin jetzt eine dritte mit dunklen Haaren stand. Sie hatten die Köpfe zusammengesteckt und unterhielten sich mit den Händen ebenso schnell wie mit den Münden. Es war klar, worüber sie redeten. Als Immy und ihr Vater näher kamen, bemerkte das eine der Frauen und warnte die anderen. Und als die Frau mit den dunklen Haaren den Kopf hob und mit braunen Augen zu ihnen hersah, bemerkte Immy eine starke Ähnlichkeit zu Caitlyn von der Dorfwiese.
Ja, Wahnsinn.
Da musste ihr Vater alleine durch.
Immy machte auf dem Absatz kehrt. »Ich geh schon mal raus.«

Der Nächste in der Schlange

Immy saß auf einem Baumstamm, der wohl eine Art Balancierstange sein sollte, und unterhielt sich mit einem Mädchen, das Ava hieß und eine Klasse unter ihr war. So viele Kinder hier auch spielten, waren sie beide doch die einzigen Mädchen. Die Frau von vorhin hatte recht gehabt. Im Dorf gab es wirklich nicht viele Mädchen.

Nach ein paar Minuten wurde Ava von ihrer Mutter hineingerufen, und Immy blieb alleine sitzen. Nicht lange, und sie hörte es wieder – dieses Lied. Ihr Rücken verkrampfte sich. Aber Moment! Dieses Mal ... dieses Mal war es nicht in ihrem Kopf. Jemand sang das Lied, laut und deutlich. Sie merkte, dass es nicht nur *eine* Person war – es waren zwei oder drei. Gerade wollte sie sich auf dem Baumstamm umdrehen, da hörte sie eine laute Frauenstimme.

»Hierher, Mädchen! Und zwar sofort!«

Es war Caitlyn, der diese Aufforderung galt. Caitlyn und ihren zwei Freundinnen. Sie sah die drei über den Spielplatz zu der Frau gehen, die vor dem eigentlichen Schulgebäude stand. Sie hatte einen Stapel Bücher unter dem Arm und war wohl eine Lehrerin.

»Ich möchte diese Verse an unserer Schule nicht hören. Der Baum ist mehrere hundert Jahre alt und von großer geschichtlicher Bedeutung. Angst, Unwissenheit und Hass können schlimme Folgen haben, und dummes Gerede wie das eurige führt dazu, dass Menschen Dinge zerstören. Ich will doch sehr hoffen, dass ihr das Schuljahr nicht mit dem falschen Fuß beginnt.«

Es herrschte Schweigen.

»Oder willst du das, Caitlyn? Zara? Erin?«

»Nein, Miss«, sagten die drei wie aus einem Munde. Caitlyn sah kurz zu Immy, und der Blick, den sie ihr zuwarf – war sie bisher nur sauer auf Immy gewesen, hatte sie es jetzt wohl richtig auf sie abgesehen.

»Gut. Dann könnt ihr gehen. In den Saal. Eure Eltern suchen euch sicher schon.«

Die drei Mädchen gingen schweigend Richtung Saalgebäude. Die Frau wartete, bis sie eingetreten waren. Dann drehte sie sich um und sah kurz zu Immy. Sie lächelte ihr zu, und Immy merkte, dass die Frau wusste, wer sie war. Sie wusste, dass sie im Lavendel-Cottage wohnte.

Gab es in diesem Dorf auch nur eine Person, die *nicht* wusste, dass sie dort eingezogen waren? Immy bezweifelte es.

Immy stand auf und winkte der Frau verlegen zu, nur dass die bereits kehrt gemacht hatte und ins Schulhaus ging.

In genau dieser Position – und genau am selben Fleck – stand Immy, als eines der Mädchen wieder aus dem Saal kam. Nicht Caitlyn, sondern eine der beiden anderen – nach dem, was die Frau mit den Büchern gesagt hatte, also entweder Zara oder Erin. Zunächst überprüfte sie, ob die Lehrerin noch da war. Als sie das geklärt hatte, ließ sie den Blick zu der Stelle schweifen, an der Immy vorhin gesessen hatte. Sie erschrak fast, als sie sah, dass Immy noch da war.

Das Mädchen sah ängstlich zurück zum Gebäude. Immy vermutete, dass ihre Mutter sie nach draußen geschickt hatte. Jetzt saß sie in der Falle.

Bevor sie sich irgendwohin verdrücken konnte, ging Immy über den Spielplatz auf sie zu. Sie wollte wissen, was das für ein Lied war. Und warum die Lehrerin nicht wollte, dass es gesungen wurde.

Das Mädchen bekam große Augen, als es Immy auf sich zukommen sah. Erneut warf es einen Blick nach hinten, als ob von dort Hilfe zu erwarten wäre. Immy vermutete, dass das Mädchen nicht wusste, was es ohne Caitlyn machen sollte.

Immy blieb direkt vor ihr stehen. »Was ist das für ein Lied, das ihr da singt?«

»Ich ...« Das Mädchen machte einen Schritt nach hinten.

»Ich möchte das wirklich gern wissen«, beharrte Immy. Ihr drehte sich der Magen um. Streit oder Auseinandersetzungen waren überhaupt nicht ihr Ding. Sie spürte, wie ihr ganz unerwartet die Tränen in die Augen schossen, und schluckte, um sie womöglich zu unterdrücken. »Sag es mir bitte!«

»Du willst es echt wissen?«
»Ja! Und zwar jetzt!«
»Aber die Lehrerin hat gesagt …«
»Zusammen mit deinen Freundinnen war dir die Lehrerin ziemlich egal. Also raus mit der Sprache.«
Ein letzter Blick nach hinten zeigte dem Mädchen, dass niemand kam, um es zu retten.
»Ich höre?«
»Okay. Okay! Es handelt … von dem Baum. Man singt es hier seit … keine Ahnung … also schon ewig. Es geht so:
Am Maulbeerbaum geh nur behutsam vorbei,
sonst holt er die Töchter sich,
eins, zwei, drei,
im Dunkeln und heimlich – spurlos sogar,
erleben sie nie ihr zwölftes Jahr.«
Mit roten Wangen ratterte sie die Verse herunter und wartete dann auf Immys Reaktion.
Immy stand wie angewurzelt und überlegte krampfhaft. »Das ist unmöglich«, sagte sie. Das Lied. Sie hatte es schon gehört, bevor die Entscheidung für das Lavendel-Cottage gefallen war. Niemand aus dem Dorf hatte es ihr vorgesungen. Es war einfach so aufgetaucht.
Im Traum.
Mädchen hatten es in ihren Träumen gesungen.
Das Mädchen vor ihr sah sie an, als sei sie verrückt. »Was meinst du mit: ›Das ist unmöglich‹?«
»Ich …«

»Kapierst du's nicht?« Das Mädchen machte einen Schritt auf sie zu. »*Sonst holt er die Töchter sich, eins, zwei, drei –.* Zwei wurden schon geholt. *Die dritte bist du.*«

Schweigend traten Immy und ihr Vater mit ihrer großen Tasche voller Uniformen den Heimweg an.

»Hast du mit jemand geredet?«, wollte ihr Vater schließlich wissen. Immy wusste nicht recht, was sie sagen sollte. Sollte sie ihm von dem Lied erzählen? Sie entschied sich dagegen, schließlich wusste sie selbst nicht, was sie davon halten sollte.

»Ich habe ein nettes Mädchen namens Ava kennengelernt. Sie ist eine Klasse unter mir.«

»Prima.«

Den Rest der kurzen Strecke gingen sie schweigend, denn Immy dachte an die Lehrerin, die den Mädchen das Lied verboten hatte. Deren Worte gingen ihr nicht aus dem Kopf. *Angst, Unwissenheit und Hass können schlimme Folgen haben*, hatte sie gesagt. Mit zusammengezogenen Augenbrauen versuchte Immy angestrengt, diesen Satz zu verstehen. Nur kam erschwerend hinzu, dass das Lied, dessen Text sie jetzt kannte, unablässig in ihrem Kopf spielte und sie ablenkte und verwirrte … *Am Maulbeerbaum geh nur behutsam vorbei,*
sonst holt er die Töchter sich,
eins, zwei, drei,
im Dunkeln und heimlich – spurlos sogar,
erleben sie nie ihr zwölftes Jahr.

»Was hast du gesagt?« Ihr Vater sah zu ihr hinunter, während er vor dem Lavendel-Cottage das Gartentor für sie aufhielt.
»Ach, nichts«, sagte Immy schnell und etwas atemlos, denn sie spürte den Schatten des Maulbeerbaums, der hinter dem Haus aufragte. »Ich hab nur … so vor mich hingesungen.« Beim Gang um das Cottage, das sie durch die Flügeltür verlassen hatten und auch wieder betreten wollten, blieb Immy etwas zurück.
Ihr Vater ging ins Haus, doch sie folgte ihm nicht und tat so, als müsste sie sich die Schuhe binden. Erst als sie ihn nicht mehr sah, wagte sie es, nach oben zu schauen. Der Baum wartete schon auf sie, lauernd und den Blick auf den Himmel verdeckend. Es war fast, als würde ihm die Zeit lang, als würde er nervös mit den langen Wurzeln wippen – als würde er die Sekunden bis zu ihrem Geburtstag zählen! Mit flauem Magen betrachtete sie die beiden Knoten im Stamm.
Sonst holt er die Töchter sich, eins, zwei, drei.
Das Lied in ihren Träumen war dazu da, ihr Angst zu machen. Es war eine Warnung. Eine Warnung, das Cottage nicht zu mieten.
Wenn Immy eines verstand, dann das: Sie musste unbedingt herausfinden, was mit den Mädchen geschehen war.
Sie musste der Wahrheit auf den Grund kommen.
Sonst wäre sie als Nächste dran.

Warten

Während Immys Mutter tagsüber ins Krankenhaus ging, blieben Immy und ihr Vater den Rest der Woche weitgehend zu Hause, ohne dort viel zu machen. Zwar meinte ihr Vater, er müsse sich jetzt »langsam mal um den Garten kümmern«, nur tat er das nie. Nach ein paar Tagen schrieb Immys Mutter ihm Listen mit Aufgaben, und er bemühte sich, jeden Tag einige (oder zumindest einen) der Punkte zu erledigen. Wenn er das getan hatte, machte Immy ein Häkchen dahinter und achtete darauf, dass ihre Mutter das abends auch sah.
»Ich muss mich jetzt langsam mal um den Garten kümmern«, sagte Immys Vater am Freitag beim Mittagessen.
Immys sah von ihrem Sandwich auf. Sie dachte an die Liste. Es standen nur drei Punkte drauf. Als da wären: den Paris-Ausflug planen, Gemüse fürs Abendessen schneiden und den Rasen von Unkraut befreien. Das Gemüse hatte Immy selbst geschnitten und den Punkt abgehakt. Wenn ihre Mut-

ter glaubte, ihr Vater hätte das erledigt, machte das ja nichts, oder?
»Lass uns nach dem Mittagessen das mit dem Unkraut machen, Dad«, sagte sie, obwohl sie a) überhaupt nicht in den Garten wollte und b) überhaupt keine Lust auf irgendwelche Vater-Tochter-Aktionen hatte. »Ich helfe dir«, sagte sie.
»Gute Idee.« Er nickte.
Kaum war er mit seinem Sandwich fertig, schnappte Immy ihm auch schon den Teller weg. »Ich räume mal ab«, sagte sie. »Du kannst schon rausgehen und mit dem Jäten anfangen.«
So schnell wie möglich räumte sie die Spülmaschine ein, wobei sie insgeheim hoffte, er würde mit dieser kleinen Aufgabe tatsächlich beginnen – insgesamt würden sie wohl kaum mehr als zwanzig Minuten dafür brauchen.
Kurz bevor sie fertig war, warf sie einen Blick aus dem Küchenfenster und sah, wie er auf der kleinen Mauer neben dem Schuppen saß und vor sich hinstarrte, in der Hand ein einsames Unkrautpflänzchen. Eine geschlagene Minute sah sie ihm dabei zu. Und dann noch eine. Er bewegte sich nicht einmal.
Immy machte den Geschirrspüler zu, ging zur Anrichte und griff nach einer rechteckigen Pappschachtel. Sie öffnete sie und zog zwei silberne Tablettenstreifen heraus. Dann zählte sie die Pillen. Es waren zwölf. Als er heute Morgen in der Dusche war, waren es noch vierzehn gewesen, und jetzt fehlten zwei davon. Das hieß, er nahm seine Medizin. Warum zeigte sie keine Wirkung? Seit drei Wochen nahm er die Pillen jetzt

schon. Sie schob die Tablettenstreifen wieder in die Packung, verschloss sie und legte sie weg. Sie holte einen großen Müllsack unter der Spüle hervor und ging zur Flügeltür.

»Wo schaust du denn hin?«, fragte sie ihren Vater vom Türrahmen aus.

»Was? Ach, nirgendwohin. Auf das Unkraut.«

Immy sah hinauf zum Baum, der drohend über dem Garten hing und seinen Ästen düstere Gedanken entströmen ließ.

Am Abend zuvor hatte sie ihre eigene Liste begonnen. Eine Geheimliste. Darauf stand, wie und in welcher Form mehr über den Baum herauszufinden war – und sie somit dem Schicksal entgehen konnte, das dritte verschwundene Mädchen zu werden. Sie wusste, dass sie vorsichtig sein musste. Denn wenn ihre Eltern merkten, dass sie über den Baum und ihren Geburtstag überhaupt nur *nachdachte*, würden sie vermutlich ausflippen. Deshalb hatte sie das Handy ja auch nur heimlich verwendet. Aber wo sollte sie denn recherchieren, wenn das Internet nicht viel hergab? Vielleicht in alten Zeitungen. Oder bei Leuten, die beim Verschwinden des letzten Mädchens hier gelebt hatten, obwohl die wohl mittlerweile schon ziemlich alt sein dürften – so wie Jean. In der Schulbücherei könnte auch jemand etwas wissen.

Mit ihrem Vater in der Nähe fühlte sich Immy mutig genug, die Schwelle zu übertreten und näher zum Baum zu gehen. Zwei Schritte, drei, vier, fünf ... wenn sie die Hand ausstrecken würde, könnte sie den Stamm berühren. Nicht dass sie das etwa *vorhatte*. Erneut sah sie nach oben. Pechschwarz zeichneten sich die Äste vor dem Himmel ab, und je länger sie schaute, desto näher schienen sie zu kommen. Sie hatte das Gefühl, gleich ohnmächtig zu werden, und schüttelte sich. Das musste eine optische Täuschung sein. Zumindest hoffte sie das.

Immy öffnete den Müllsack und ging damit in die Mitte des fleckigen Rasens, um ihn dort abzulegen. Dann kehrte sie zum Baum zurück, kniete sich nieder und zupfte ein paar Unkrautpflänzchen aus dem Boden. Angeregt durch ihr Tun, stand jetzt auch ihr Vater auf und zog ebenfalls an ein paar Halmen, die er genau wie sie auf den Müllsack warf.

Binnen Kurzem hatten sie eine Art Rhythmus entwickelt. Niederknien, Unkraut rausziehen, zum Sack werfen, niederknien, Unkraut rausziehen, zum Sack werfen …

Ohne das Lied zu hören oder sonst etwas Seltsames zu bemerken, wurde Immy zunehmend mutiger, bewegte sich um den Baum und zupfte dabei Unkraut, kleines wie großes. Als sie ihn halb umrundet hatte, blickte sie auf und sah sie – die großen Narben im Stamm. Das Unkraut in der Hand, hielt sie einen Moment inne, dann trat sie näher. Sie beugte sich vor und untersuchte die roten, verwachsenen Schnitte. Die Welt schien stillzustehen, während sie sich auf die Wundmale konzentrierte.

»Dad!«, rief sie, ohne den Blick abzuwenden. »Komm und sieh dir das an.«

»Was denn, mein Schatz?« Sie hörte ihn herankommen und dann ein Geräusch, als sei er über etwas gestolpert. Er fluch-

te leise vor sich hin, aber sie drehte sich nicht um. »Pass da drüben auf. Eine Art Delle im Boden. Vielleicht war da mal ein anderer Baum«, sagte er, als er bei ihr ankam. Er beugte sich vor, um zu sehen, was Immy da betrachtete. »Hmm. Sieht aus, als hätte ihn jemand fällen wollen. Also vor langer Zeit, so weit oben wie diese Narben jetzt sind. Vielleicht ist das der Grund, dass er sich an der Welt rächen will.«
Die bisherige Stille wurde durch einen Windstoß beendet, und der Baum sah aus, als würde er sich ob dieser Beleidigung schütteln.
Immy trat ein paar Schritte zurück und hielt den Atem an.
Ihr Vater ging wieder weg, um das Jäten fortzusetzen.
Aber sie blieb stehen und betrachtete weiterhin die Stelle, an der jemand vor langer Zeit versucht hatte, den Baum zu töten. Hack, hack, hack – sie konnte genau sehen, wo man ihn hatte erledigen wollen. Brutal. Grausam.
Immy musste an die Lehrerin denken. *Dummes Gerede wie das eurige führt dazu, dass Menschen Dinge zerstören.* War es das, was passiert war? Hatte jemand im Glauben, seine Tochter sei in Gefahr, versucht, den Baum zu fällen?
Immy hörte, wie ihr Vater im Hintergrund Unkraut zupfte und Richtung Müllsack warf, und sah hinauf in die dunklen Äste des Baums. Erneut dachte sie, sie würde gleich ohnmächtig werden. Als ob das alles hier ein Traum sei. Sie machte einen Schritt nach vorne, aber nicht weil sie das wollte, sondern weil sie das Gefühl hatte, es tun zu *müssen*. Es war, als würde der Baum sie zu sich heranziehen, genau wie beim ersten Be-

treten des Lavendel-Cottage. »Was ist passiert?«, fragte sie den Baum. »Was ist dir widerfahren?« Sie streckte vorsichtig die Finger aus, um über die hässlichen Risse zu streichen. Einen Moment lang schwebten sie zögerlich über der Baumrinde.
Gerade wollte Immy die Risse berühren, da spürte sie so etwas wie einen Stromschlag – und zog reflexartig die Hand zurück. Sie hielt die Luft an und war mit einem Mal hellwach. Kein Zweifel, erneut eine deutliche Warnung des Baums.
Bleib weg, Mädchen.
Bleib weg von mir.

In der Schule

Der erste Schultag begann ganz gut. Das hatte Immy auch so erwartet. Im Unterricht würde alles okay sein. Es gab zwar nur vier Mädchen in der Klasse (genau *die* Mädchen – Caitlyn, Zara, Erin – und sie selbst), aber während der Stunden wurde gearbeitet und gelernt. Alle waren beschäftigt. Eine Lehrkraft war anwesend.
Erst beim Mittagessen würde es ernst werden.
Als die Klasse zum Speisesaal ging, ließ sich Immy zurückfallen, um auf keinen Fall in der Nähe von Caitlyn, Zara und Erin zu sein. Blöd war nur, dass sie überhaupt nicht wusste, was sie jetzt zu tun hatte. Es gab hier eine sogenannte Schulspeisung. Die Eltern zahlten für eine Woche, und die Schule organisierte für die Schüler ein Mittagessen. Daheim in Australien hatte es so etwas nicht gegeben.
»Klasse sechs!«, rief gerade jemand, als Immy den Saal betrat und sah, dass hier jetzt Tische und Stühle aufgestellt waren. Sie stöhnte leise vor sich hin, als ihr klar wurde, dass ihre Trö-

delei sinnlos gewesen war – sie musste sich gemeinsam mit ihren Mitschülern anstellen. Verärgert lief sie zur Essensausgabe und schnappte sich genau wie die anderen ein Tablett und Besteck.

Bei der Essensausgabe selbst folgte Immy dem Beispiel des Jungen vor ihr und hatte bald Makkaroni mit Käse, eine Kartoffel mit Quark, etwas Mais, ein Stück Melone und eine Tüte Apfelsaft auf dem Tablett. Sie ging hinter ihm her zu den Tischen, bis er ausscherte und sich an einem Tisch mit zwölf Stühlen auf den letzten freien Platz setzte. Am nächstgelegenen Tisch – und dem einzigen, der außerdem mit einer »6« gekennzeichnet war – saßen Caitlyn, Zara und Erin.

Immys Schultern sackten nach unten, als sie realisierte, was jetzt zu tun war.

Riley, der Junge von der Dorfwiese, blieb stehen und sah sich an, was sie da gerade betrachtete. »Zum Glück dauert das Essen nur fünfzehn Minuten«, sagte er.

Seufzend folgte Immy ihm zu dem Tisch, während sie sich innerlich auf die vermutlich längsten fünfzehn Minuten ihres Lebens vorbereitete. Sie setzte ihr Tablett den *einen* Tick zu laut ab, und die drei Mädchen, die sich bisher unterhalten hatten, richteten gleichzeitig den Blick auf sie.

Immy ignorierte das, nahm Platz und konzentrierte sich auf das Essen. Obwohl sie merkte, dass die anderen leise über sie redeten, hielt sie den Blick auf ihr Tablett gesenkt.

Nach einer gefühlten Ewigkeit standen die Mitschüler nach und nach auf, um ihre Tabletts zu leeren und aufzuräumen.

Immy machte dasselbe und merkte dann, dass sie noch eine halbe Stunde Zeit hatte, bevor sie wieder ins Klassenzimmer musste. Sie ging erst mal zur Toilette und wusch sich dann ausgiebig die Hände. Durch die Tür, die hinaus zum Spielplatz führte, konnte sie am Klettergerüst Caitlyn, Zara und Erin sehen. Auch Ava war da, die Kleine, mit der sie beim Uniform-Anprobieren geredet hatte, aber sie spielte Himmel und Hölle mit ein paar jüngeren Mädchen. Die Vorstellung, was Caitlyns Trupp zu ihrer Beteiligung dort sagen würde, amüsierte sie nur halb. Dann war da noch Riley, den sie eigentlich ganz nett fand, nur ging der gerade mit ein paar anderen Jungs Richtung Bolzplatz.

Sie musste an ihre alte Schule in Sydney denken, wo sie echte Freundinnen hatte – zu denen sie hoffentlich bald zurückkehren konnte. Was hätte sie dort getan, wenn ihre Mädels anderweitig beschäftigt wären? An der alten Schule gab es in der Mittagspause ganz verschiedene Aktivitäten – Computer-AG, Schach-AG, Amnesty International. Aber dies war ja eine kleine Schule. So etwas hatten sie hier vermutlich gar nicht. Womit ihr zum Glück eine weitere Rückzugsmöglichkeit einfiel. Und die gab es hier, denn die Lehrerin hatte sie am Vormittag darauf hingewiesen.

Immy drehte sich um und machte sich auf den Weg zur Bücherei.

Als Immy die Tür zu der kleinen Schulbücherei öffnete, sah sie zum Glück noch ein paar andere Kinder. Zwei lümmelten auf Sitzkissen und lasen. Eine andere Gruppe saß am Tisch bei einem Brettspiel.

Sie stieß einen Seufzer der Erleichterung aus. Eine Viertelstunde Mittagessen und eine halbe Stunde hier schienen ihr doch ganz erträglich. Alles würde gut werden.

»Hallo«, sagte jemand von der Seite. »Du bist Imogen, stimmt's?«

»Immy«, nickte sie. Es war die Frau vom Spielplatz. Die, die mit Caitlyn, Zara und Erin geschimpft hatte.

»Ich bin Mrs. Garland und leite die Bücherei. Ich bin die Tochter von Jean Garrett. Also von Jean, die hinter euch wohnt.«

»Oh!« Immy fiel ein, dass Jean erwähnt hatte, ihre Tochter würde an der Schule arbeiten. »Hallo.«

»Ich habe mich schon gefragt, wann du wohl vorbeischaust. Sieh dich doch erst mal um. Und wenn du Fragen hast, komm einfach zu mir.«

»Okay«, sagte Immy. »Danke.«

Mrs. Garland ging zurück an die Theke und setzte sich vor ihren Computer.

Nach kurzem Überlegen ging Immy los, wanderte an den Regalen entlang, nahm hier und da ein Buch heraus und blätterte darin. Das tat sie rund zwanzig Minuten lang und sah dabei aus dem Augenwinkel immer wieder zu Mrs. Garland. Unablässig musste sie an das denken, was sie zu den Mädchen gesagt hatte, und fragte sich, wie viel sie über den Baum wusste – vermutlich ebenso viel wie Jean, und das war ja eine Menge. – Merkwürdigerweise war ihr der Baum seit dem Schlag, den er ihr versetzt hatte, viel ruhiger vorgekommen. Und seitdem sie den Inhalt des Lieds kannte. War es das, was er wollte? In Ruhe gelassen werden? Kurz überlegte sie, ob sie die Sache einfach auf sich beruhen lassen sollte, aber beim Gedanken an den Baum vor ihrem Fenster bekam sie doch Gänsehaut. Die Mittagspause dauerte nur noch fünf Minuten. Sie musste jetzt mutig sein und fragen, was sie sich vorgenommen hatte. Auf ihrer Liste, die sie für die Baum-Recherche erstellt hatte, war einer der Punkte die Leitung der Bücherei. Dass die Mutter der Leiterin gleich nebenan wohnte, war reines Glück. So eine Gelegenheit durfte sie nicht verpassen.

Mrs. Garland saß an ihrer Theke. Immy ging auf sie zu und versuchte, so entspannt wie möglich auszusehen.

»Immy, da bist du ja wieder.« Mrs. Garland sah sie an. »Wie kann ich dir helfen?«

»Na ja«, sagte Immy, »ich wollte fragen, ob Sie vielleicht etwas über Maulbeerbäume haben.«

Mrs. Garland zog die Augenbrauen hoch. »Hmmm ... das ist natürlich sehr speziell. Ich befürchte, so etwas fehlt hier.«

»Ich habe mich gefragt ... Sind Sie denn in dem Haus hinter uns aufgewachsen?«

»Oh nein.« Mrs. Garland schüttelte den Kopf. »Dort haben meine Großeltern gewohnt. Meine Mutter ist erst eingezogen, als sie unser Haus verkauft hatte und etwas Kleineres brauchte. Aber *sie* ist ursprünglich dort aufgewachsen.«

Immy war unsicher, wie weit sie mit ihrer Fragerei gehen konnte. »Also als sie mit Elizabeth befreundet war?«, raunte sie dann.
Mrs. Garland rutschte auf ihrem Stuhl herum. »Ähm, ja …«
»Und die Leute, bei denen Elizabeth gewohnt hat – wo sind die jetzt?«
»Sie waren schon älter und sind vor ein paar Jahren gestorben.« Sie zögerte einen Moment. »Das Cottage blieb aber im Familienbesitz. Ihr Neffe hat es übernommen – der Vater von Caitlyn.«
Immy sah hinaus auf den Spielplatz. Sie überlegte kurz, bevor sie dann weitersprach. »Was Sie da gestern zu den Mädchen gesagt haben – das blieb irgendwie bei mir hängen. Worum ging es denn?«
»Du hast mich gehört?«
Immy nickte.
»Na ja, mal sehen. Ich wollte im Grunde erklären, dass die Menschen oft Angst vor dem haben, was sie nicht verstehen. Das zieht sich durch die ganze Geschichte. Das Verbieten oder Verbrennen von Büchern, die Verfolgung bestimmter Religionen oder Rassen …«
Immy dachte an die Narben des Baums. »Denken *Sie* denn, dass der Baum böse ist?« Ihr Blick war fest auf Mrs. Garland gerichtet.
»Ich … ich denke, dass nichts auf der Welt ausschließlich böse ist – oder ausschließlich gut, schlecht, schwarz oder weiß. So ist doch das Leben nicht, oder?«

Immy musste plötzlich an Bob denken. Für sie war er schwärzer als schwarz. Er hatte einfach falsch gehandelt, als er doch mit dem Auto fuhr. Mehr war dazu nicht zu sagen. Immy zuckte die Schultern, denn eigentlich wollte sie gar nicht daran denken.

»Hör mal, da du dich offenbar für Pflanzen interessierst: Möchtest du nicht in unsere Schrebergarten-AG kommen?«, fragte Mrs. Garland, damit ganz unvermittelt das Thema wechselnd.

»Was soll das sein, ein Schrebergarten?«

»Ach ja, natürlich, daran habe ich nicht gedacht. Das ist etwas sehr Englisches. Man könnte auch Gemeinschaftsgarten dazu sagen. Habt ihr so etwas in Australien?«

Immy nickte. Sie wusste, was ein Gemeinschaftsgarten war.

»Na ja, die Schule hat einen eigenen Schrebergarten, und die AG dazu leite ich. Wir treffen uns immer mittwochs und freitags im Anschluss an den Nachmittagsunterricht. Wir pflanzen alles Mögliche an. Karotten, Kartoffeln, Kräuter, Rhabarber. Unser erstes Treffen ist am Freitag. Machst du mit?«

»Ich weiß nicht recht«, sagte Immy, als es bereits läutete.

Mrs. Garland stand auf. »Denk drüber nach, und ich frag dich in den nächsten Tagen noch mal, wenn wir uns wieder über den Weg laufen.«

»In Ordnung.« Immy ging Richtung Tür. »Aber ich komm definitiv wieder hierher in die Bücherei.«

Im Schwimmbad

Der Rest der Woche verlief ganz ähnlich. Aber obwohl der Baum keinen Mucks von sich gab, wusste Immy doch, dass er sie beobachtete. Sie konnte es spüren. Die Schultage bestanden aus Unterricht, großer Pause, Unterricht, Mittagessen/Verstecken in der Bücherei, Unterricht, Heimgehen. Die große Pause war nicht so schlimm, denn man durfte im Klassenzimmer bleiben und ein Buch lesen oder etwas zeichnen. In der Mittagspause schlang Immy so schnell wie möglich ihr Essen hinunter und lief dann zur Bücherei. Nach drei Tagen hatte sie den Eindruck, diesen Ablauf auch für den Rest des Schuljahres aushalten zu können, bevor sie a) auf die Highschool wechselte oder b) zurück nach Australien ging. Ob sie bleiben würden oder nicht, hing ganz allein von der Arbeit ihrer Mutter ab.
Und davon, ob ihr Vater wieder anfangen würde zu arbeiten. Im Anschluss an ihr Recherche-Gespräch mit Mrs. Garland hatte sie versucht, noch mehr über den Baum herauszufin-

den. Sie hatte ihren Vater gefragt, ob sie nicht gemeinsam in die große Bibliothek in Cambridge gehen könnten, aber er meinte, da müsse man eine halbe Stunde hinfahren, das Auto irgendwo parken und dann den Bus ins Zentrum nehmen. So etwas könnten sie eigentlich nur am Wochenende machen. Immy wusste, was das bedeutete. Es würde ihm viel zu anstrengend sein, genau wie so ziemlich alles derzeit.

Am Freitag war alles ein bisschen anders, denn Immys Klasse hatte zum ersten Mal Schwimmen. Immy schwamm eigentlich gerne. In Sydney hatte sie im Freibad der Universität Unterricht gehabt, seit sie sechs Monate alt war, und sich von da in den Schwimmklub hochgearbeitet, der in den Sommermonaten zweimal wöchentlich trainierte. Ihr Vater war parallel dazu ebenfalls geschwommen, nur eben in letzter Zeit nicht.

Immy war keine besonders gute Schwimmerin, mochte diese Sportart aber sehr. Es war ihr völlig egal, dass die meisten Kinder schneller waren als sie. Sie zog einfach die Bahnen, die auf der Anzeigetafel vorgegeben waren. Es gefiel ihr, nur den einen, dann den anderen Arm bewegen und zur richtigen Zeit Luft holen zu müssen. Kein weiterer Gedanke war nötig. Im Anschluss holte ihr Vater immer einen Kaffee für sich und ein Eis für sie, dann setzten sie sich gemeinsam auf die sonnige Holzterrasse. Sie sahen die anderen Schwimmer ihre endlosen Bahnen ziehen, nach links oder nach rechts, und im Hintergrund spielte der Wind in den Palmen.

Es regnete, als Immys Klasse am Sportgelände aus dem Minibus ausstieg. Immy folgte ihren Mitschülern und blieb dann abrupt stehen, als sie das Schwimmbad erblickte.
»Oh«, war alles, was sie sagen konnte.
Das war definitiv nicht das Universitäts-Freibad.
Es war ein Hallenbad mit einem Fünfundzwanzig-Meter-Becken und stark nach Chlor riechend. Die Luft war stickig und warm, und man konnte kaum atmen.
Sie gingen zu den Sammelumkleiden. Schon beim Eintreten wusste Immy, dass sie Caitlyn und ihren Freundinnen hier nur schwer ausweichen konnte. Sie ließ ihre Tasche auf eine Bank plumpsen, die so weit wie möglich von den Mädchen entfernt war, und zog sich rasch um.
Gerade schlüpfte sie in den Badeanzug, da hörte sie, wie Caitlyn ganz leise das Lied vom Maulbeerbaum summte.
Immys ängstliche Vorsicht verwandelte sich schlagartig in Wut. Sie hatte die Nase voll von Caitlyn. Okay, ihr Vater hatte etwas Falsches gesagt, aber wann würde dieses Mädchen aufhören, darauf herumzureiten? Sie war derart gemein. Es schien, als hätte die Zeit, die sie im Schatten des Baumes lebte, einen übellaunigen, verbitterten Menschen aus ihr gemacht. Vielleicht lag es ja daran. Vielleicht hatte er das wirklich getan.
Als Immy sich ihre Schwimmbrille schnappte und raus zum Becken ging, war mehr als nur eine Stimme zu hören. Sie hielt nicht an, um nachzusehen, wer da noch mitsummte. Vermutlich war es ohnehin Zara oder Erin.

Die Schwimmtrainerin wartete, bis ihre Lehrerin durchgezählt und damit sichergestellt hatte, dass auch alle da waren. Dann teilte sie die Klasse in vier Gruppen auf, die sich jeweils an einer der vier Bahnen aufstellen mussten. Immy konnte nur vermuten, dass die Einteilung anhand des individuellen Schwimmvermögens erfolgt war. Ihr Vater hatte ein Formular ausfüllen und darauf angeben müssen, wie gut sie schwamm und was sie konnte oder eben nicht.

Leider war in ihrer Gruppe nicht nur Caitlyn, sondern dazu auch noch Erin – das Mädchen, das ihr den Text des Lieds verraten hatte. Als sie sich zu ihnen gesellte, wurde sowohl Rileys Name aufgerufen als auch der von Will, den sie noch gar nicht kannte.

Erneut setzte das Summen ein.

Es ging auch weiter, als die Trainerin ihnen sagte, ihre Gruppe würde erst mal mit einer Staffel beginnen. Mit beliebigem Stil – die Bahn rauf und dann wieder runter, also jeder fünfzig Meter.

»Wer fängt an?«, fragte die Trainerin.

»Ich«, sagte Immy. Alles, um nur von diesem Gesumme wegzukommen.

»Super«, sagte die Trainerin. »Rauf mit dir.«

Immy stieg auf den Block und zog die Schwimmbrille über die Augen.

»Auf die Plätze, fertig … los.«

Immy sprang ins Wasser und schwamm. Das Wasser war viel zu warm und fühlte sich fast schon dickflüssig an, aber sie kümmerte sich nicht darum. Sie schwamm einfach, konzentrierte sich auf die Abfolge der Armbewegungen und holte dazwischen tief Luft.

Eine Rollwende und gleich wieder zurück, dann das Klatschen der Hand auf den Beckenrand, als sie das Ende der Bahn erreichte. Durch die beschlagenen Brillengläser sah Immy, wie über ihr jemand ins Wasser sprang und mit den Füßen fast ihren Kopf streifte.

Caitlyn.

Atemlos kletterte sie aus dem Wasser und gesellte sich zu ihrer Gruppe.

Die sie geschlossen anstarrte.

»Was ist?«, fragte sie schließlich.

»Das war … fantastisch«, meinte Will.

Neben ihm stand Erin mit großen Augen. »Du bist echt gut.« Nervös schwenkte ihr Blick zu Caitlyn am anderen Ende der Bahn, als könne die sie womöglich hören.

»Ja, du bist echt schnell«, pflichtete Riley bei. »Schneller als ich zumindest.«

Immy runzelte die Stirn. »Ich bin eigentlich keine gute Schwimmerin. Bei uns daheim bin ich nur … na ja, Durchschnitt.«

»Liegt vielleicht daran, dass ihr in Australien vor den Haien flüchten müsst«, grinste Riley. »Das macht euch schneller.«

Nach der Schwimmstunde zog Immy sich schnell an, um wieder in den Bus steigen zu können. Sie ließ sich in einen der vorderen Sitze plumpsen, aber Caitlyn ausweichen konnte sie dadurch nicht. Die Dunkelhaarige beugte sich zu ihr und zischte ihr im Vorbeigehen etwas zu.
»Du glaubst wohl, du bist besser als alle im Dorf, was?«
Als Immy zu ihr aufsah, bemerkte sie etwas in ihrem Gesichtsausdruck. Etwas Mürrisches, Dunkles und Unwilliges, das sie erneut irgendwie an den Baum erinnerte. Aber sie erwiderte nichts, sondern verdrehte nur die Augen, bevor sie sich zum Fenster wendete und hinaussah. Wenn sie zu lange in Caitlyns Haus wohnen würde – wäre sie dann auch bald so? Langsam bereute sie es, ihre Eltern zu diesem Lavendel-Cottage überredet zu haben. Vielleicht hätten sie doch besser gewartet. Und sich Wohnungen in der Stadt angeschaut, wo es vielleicht auch eine größere Schule gegeben hätte. Etwas mit einem Baum genommen, der sie nicht an ihrem Geburtstag verschlingen würde.
Sie überlegte kurz. Bereute sie die Entscheidung wirklich? Im Grunde interessierte sie sich doch für den Baum. Sie wollte mehr über ihn wissen. *Musste* es sogar. Nicht nur, weil sie immer noch ein bisschen fürchtete, er würde sie holen, sondern weil sie herausfinden wollte, was mit den anderen beiden Mädchen geschehen war. Deshalb bereute sie auch nicht, dass sie dort eingezogen waren. Nicht wirklich. Mehr über den Baum zu erfahren, war die Sache wert, auch wenn sie sich mit dieser widerlichen Caitlyn herumschlagen musste.

Nach und nach bestiegen die Kinder den Bus. Und logisch, niemand wollte sich neben sie setzen. Je mehr Kinder in den Bus kamen, desto leerer wirkte der Sitz neben Immy. Bis sich dann jemand mit einem Rumms hineinfallen ließ.
»Hey«, sagte Riley. »Schule, hm? Macht's dir Spaß?«
»Oh ja. Ich liebe es«, erwiderte Immy schnaubend.
»Du musst das positiv sehen«, sagte Riley. »Immerhin bist du noch hier. Immerhin hat der Baum dich noch nicht geholt – *im Dunkeln und heimlich …*« Er grabschte mit zittrigen Fingern nach ihrem Gesicht und machte dabei unheimliche Geräusche.
Riley war ganz offensichtlich der Einzige im Dorf, der keine Angst hatte, über den Baum zu reden. Blöd war nur, dass er genau wie Immy noch gar nicht lange hier wohnte. Das hieß, er wusste nicht so viel über den Baum wie die Kinder, deren Familien hier seit Generationen lebten. Immy hatte eine Idee.
»Warst du schon mal in der städtischen Bibliothek?«
»Du meinst die in Cambridge?«
»Nein.« Immy schüttelte den Kopf. »In …« Sie legte die Stirn in Falten und versuchte krampfhaft, sich an den Namen der nächstgelegenen Stadt zu erinnern.
»St. Isles?«, schlug Riley vor, als der Bus mit einem Ruck anfuhr.
»Ja, genau.«
»Klar. Ich fahr oft mit dem Bus hin, mit meiner Mum. Also fast jeden Samstag.«
»Mit dem Bus?«

»Der fährt bei euch in der Straße ab. Braucht so fünfzehn Minuten.«

»Und er hält irgendwo bei der Bibliothek?«

»Direkt davor. Warum?«

Immy dachte kurz über Riley nach. Sie hatte das Gefühl, im trauen zu können. »Ich muss da was recherchieren.« Sie senkte die Stimme. »Über den Baum. Seine Geschichte.«

»Weißt du, was es dort gibt? Eine ganze Wand mit gerahmten Fotos. Also alten. Schwarzweiß und so. Sie haben dort diesen Klub, die Historische Gesellschaft, zu dem die Bibliothekarin immer meine Mutter einladen will. Sie überlegt es sich auch ständig, weil unser Haus so alt ist und so. Du musst da hin. In die Bibliothek, meine ich.«

Immy seufzte. »Geht nicht. Ich kann meinen Eltern nicht einfach sagen, dass ich da hinwill. Die flippen aus, wenn sie merken, dass ich mich für den Baum interessiere. Das weiß ich genau.«

»Na ja, dann gehen eben *wir*.«

»Wie jetzt? Du meinst alleine?«

»Warum nicht? Das würde nicht lange dauern. Und was kann schon schiefgehen?«

Immy musste lachen. »Mein Dad würde mich umbringen – *das* kann schiefgehen.«

»Er würde es gar nicht mitbekommen. Die Bibliothekarin dort heißt Mrs. Marsh. Die hilft dir garantiert. Sie ist glücklich, wenn man sie historisches Zeugs fragt. Die hört gar nicht mehr auf zu reden! Wenn wir wieder in der Schule sind, schreib ich dir meine Nummer auf. Und wenn du am Samstagnachmittag fahren willst, dann ruf mich an. Meine Mum ist am Wochenende in London, und meinem Dad sage ich, dass ich ein paar Stunden bei einem Kumpel bin.«

Immy konnte ihn nur anstarren, während der Bus das Schulgelände erreichte und auf dem kleinen Parkplatz anhielt. Dieser Junge lebte offenbar im Land der Träume. Ausgeschlossen, dass etwas Derartiges passierte. Und zwar völlig.

Sie verließen den Bus und gingen ins Schulgebäude. Als sie an der Bücherei vorbeikamen, sah Immy durchs Fenster, wie Mrs. Garland mit einem Schüler redete. Wenn schon die Bibliotheken in Cambridge oder auch St. Isles nicht infrage kamen, könnte sie dann nicht versuchen, noch mehr Informationen aus Mrs. Garland herauszukitzeln?

Nach dem Mittagessen ging sie zur Bücherei.

»Mrs. Garland«, sagte sie, als sie dort angekommen war. »Ist heute die Schrebergarten-AG? Ich würde mir das gern mal ansehen.«

Die Schrebergarten-AG

»Also ich hab um vier etwas vor, Dad«, sagte Immy zu ihrem Vater, als sie nach Schulschluss heimwärts gingen.
»Eine Cocktail-Party?«
»Sehr witzig. Die Schrebergarten-AG der Schule. Das ist eine Art Gemeinschaftsgarten.«
»Oh! Du meinst diese Gartenstücke auf der Dorfwiese?«
»Genau.« Mrs. Garland hatte ihr gesagt, dass sie dorthin kommen sollte.
»Das finde ich gut.« Er blickte hinauf zum Himmel, der ganz blau und von weißen Federwölkchen durchzogen war. »Ist ja ein schöner Nachmittag dafür. Weißt du was? Ich mache auch etwas im Garten. Die Heckenschere rausholen oder so.«
»Na klar«, sagte Immy, ohne recht daran zu glauben.
»Nein, wirklich.«
»Okay.«
Zu Hause ließ Immy ihre Schultasche fallen und nahm sich einen Apfel. Fasziniert sah sie zu, wie ihr Vater tatsächlich

zum Schuppen ging und die Heckenschere sowie ein paar andere Gartengeräte herausholte.

Er streckte den Kopf durch die Flügeltür. »Ich begleite dich rüber zu den Schrebergärten, dann fange ich hier an.«

»M-hm«, sagte Immy mit vollem Mund. Auch wenn die Geräte jetzt den Schuppen verlassen hatten, glaubte sie nicht recht daran, dass sie auch wirklich zum Einsatz kommen würden. Obwohl noch genügend Zeit war, gingen sie los in Richtung Schrebergärten.

»Wie wär's mit einem kleinen Umweg?«, meinte Immys Vater, als sie den Fußweg erreichten. »Der Park hat noch einen Seiteneingang.«

»Von mir aus.« Immy zuckte mit den Schultern und ging ihm nach.

Kurz nachdem sie den Seiteneingang passiert hatten, kamen sie zu dem Baum.

»Wow!« Immys Vater blieb stehen, um an ihm hinaufzusehen. »Vielleicht etwas kleiner als unserer, aber unterm Strich doch ein Maulbeerbaum, den man *gerne* in seinem Garten hätte.«

Immy musste schlucken, als sie an dem Baum hinaufsah. Nicht etwa, weil sie wie bei ihrem Baum Angst hatte, sondern weil die Büschel mit blau-roten Beeren hier so prall und köstlich aussahen, dass sie sie beinahe schmecken konnte. Ihr Vater hatte recht. Dieser Maulbeerbaum war völlig anders als ihrer. Nicht alt, verhutzelt und schrullig – er stand ganz friedlich da und ließ entspannt die Blätter im Wind schwingen: groß und grün und würdevoll. Als sie ihn ansah, fiel ihr etwas ein – ihr erster Besuch auf der Dorfwiese. Riley und seine Kumpels hatten Beeren aus einer umgedrehten Mütze gemampft. Das waren vermutlich Maulbeeren gewesen. Und zwar von diesem Baum.

Den Blick immer noch auf die über und über beladenen Äste gerichtet, nahm Immy ihre Mütze vom Kopf und gab sie ihrem Vater. »Lass uns welche pflücken und unterwegs essen.«

∼

Immer noch Beeren kauend, erreichten sie schließlich die Schrebergärten.

»Ist das nicht herrlich?«, fragte ihr Vater, als sie durch das blaue Holztörchen traten, das sich niedlich in den Drahtzaun fügte.

Es war tatsächlich schön hier. Vor ihnen lagen ein paar erhöhte, rechteckige Beete, in denen reihenweise Kräuter und Salatköpfe wuchsen. Am Rand entlang stand alles voller Blumen – mit roten, violetten, rosafarbenen und gelben Blüten. In der hinteren Ecke befand sich ein blauer Holzschuppen, genau gleich gestrichen wie das Tor.

Mrs. Garland winkte kurz und kam ihnen entgegen, um sie zu begrüßen.

»Schnell jetzt. Bin ich mit Maulbeeren verschmiert, Dad?«, fragte Immy.

»Du siehst gut aus.« Er säuberte mit der Hand die Mütze und setzte sie ihr auf den Kopf.

Während Immys Vater und Mrs. Garland miteinander redeten, kamen noch ein paar andere Kinder ans Holztor.
Immy kannte nur zwei von ihnen – Riley und Erin.
Das war ja eine Überraschung. Und auch noch ohne Zara oder Caitlyn.
Erin wurde bei ihrem Anblick etwas nervös. Nicht lange, und sie kam auf Immy zu.
»Sag Caitlyn nicht, dass ich hier dabei bin«, sagte sie.
»Wie?«, fragte Immy. »Warum nicht?«
Aber Riley hatte mitgehört. »Ohne Caitlyn dürfen sie nichts machen. Nicht einmal atmen.«
»Red keinen Unsinn«, sagte Erin und ging verärgert weg.
Immy musste an das denken, was am Vormittag beim Schwimmen passiert war – dass Erin tatsächlich besorgt nach Caitlyn Ausschau hielt, nachdem sie etwas Nettes gesagt hatte. Mit gerunzelter Stirn sah sie zu Riley. »Ich kapier's nicht … was ist mit denen los?«
»Es geht eben nicht nur um den Baum und das Cottage«, erklärte er ihr.
»Was meinst du damit?«
»Na ja, es gab noch ein anderes Mädchen, also letztes Jahr. Ihr Vater arbeitete auch im Krankenhaus, aber sie blieben nur sechs Monate und gingen dann wieder zurück nach Neuseeland. Sie und Erin wurden schnell Freundinnen. Zara dann auch. Caitlyn blieb irgendwie ausgeschlossen. Ein paar Eltern sind nicht begeistert davon, dass ihre Kinder mit Caitlyn zu tun haben. Wegen dem Baum.«

»Oh«, sagte Immy. So langsam verstand sie, warum Caitlyn sich so eigenartig verhielt. Sie hatte Angst – nicht nur vor dem Baum, sondern auch davor, womöglich ihre Freundinnen zu verlieren.

Immy musste an das denken, was Mrs. Garland bei ihrem ersten Büchereibesuch gesagt hatte. Nichts ist immer nur gut oder schlecht. Nichts ist ganz schwarz oder weiß. Plötzlich hatte sie Mitleid mit Caitlyn. Und mit Erin. Über ihnen hing der Schatten des Baumes. Genau wie über dem ganzen Dorf. Seine geschwärzten Äste hatten sich einen Weg in jedes dieser Leben gebahnt.

»Hey, ich hab vergessen, dir das hier zu geben.« Riley fischte einen Zettel aus der Hosentasche und hielt ihn ihr hin. »Meine Telefonnummer. Ruf an, wenn du am Samstag in die Bibliothek willst.«

Immy nahm den Zettel. »Ich weiß nicht ... So etwas habe ich noch nie gemacht. Also irgendwo hingehen, ohne meinen Eltern Bescheid zu sagen.«

Riley reagierte mit seinem üblichen Schulterzucken, als ob er mit beidem leben könnte, und ging rüber zu seinen Jungs.

Nach einem peinlichen Gespräch darüber, ob sie später allein heimgehen konnte oder nicht (Immy bestand auf der ersten Variante), zog ihr Vater ab, woraufhin Mrs. Garland der Gruppe erklärte, was sie heute machen würden. Eine halbe Stunde lang wurde gejätet, dann ging es ans Pflücken der roten Johannisbeeren. Mrs. Garland wollte daraus Marmelade machen und versprach jedem ein Gläschen.

Leider war Mrs. Garland voll eingespannt, weshalb Immy sie nicht weiter zu dem Baum befragen konnte. Sie mahnte sich selbst zur Geduld. Dazu würde sie schon noch Gelegenheit haben. Sie musste der Sache Zeit geben. Davon hatte sie zwar nicht viel, aber trotzdem … sie ließ es für heute gut sein. Mrs. Garland hatte äußerst ungern über den Baum geredet. Immy wusste aus Erfahrung, dass ein übermäßiges Nachbohren ihrerseits noch nie Erfolg hatte. Es war, wie wenn sie ihren Eltern mit etwas in den Ohren lag. Je mehr sie bettelte, desto weniger bekam sie, was sie wollte. Sie musste einfach weiterhin in die Bücherei gehen, jede Woche brav die Schrebergarten-AG besuchen und dabei die Hoffnung nicht aufgeben, dass Mrs. Garland irgendwann mehr erzählen würde.

Kurz nach fünf ging Immy dann allein nach Hause. Der Wind war aufgefrischt und am Himmel zogen Wolken auf, deshalb fragte sich Immy, ob es wohl abends regnen würde. Am Gartentor angekommen hörte sie etwas und musste die Stirn runzeln.

War das wirklich …?

Ja, tatsächlich.

Immy ging ums Haus herum und sah ihren Vater mit der elektrischen Heckenschere hantieren. Er war allen Ernstes dabei, die Hecke zu trimmen.

Und so, wie es aussah, war er dabei schon ziemlich weit herumgekommen.

Immy winkte, um ihn auf sich aufmerksam zu machen, woraufhin er die Heckenschere abstellte.
»Du musst gar nicht so überrascht tun.« Er schob die Schutzbrille nach oben und platzierte sie auf der Stirn.
Immy schwieg.
»Okay, ich weiß. Das System ist dadurch jetzt erschüttert, aber ... ach, komm schon«, sagte er, denn er merkte, dass sie immer entsetzter aussah.
Aber es lag nicht an seinem gärtnerischen Einsatz, dass Immy so still war. Es lag an etwas ganz anderem.
Immy schob sich die vom Wind zerzausten Haare aus dem Gesicht, den Blick starr auf etwas nahe bei ihrem Vater gerichtet. Etwas, das klein und braun war und mühsam den Rasen überquerte.
Etwas, das klein und braun war und ... blutete.

Unter der Hecke

Immy lief schnell hin und kniete sich neben das kleine Tier. Es war nicht viel größer als ihre Hand und hatte ein braunes runzliges Gesicht sowie schwarz-weiß gesprenkelte Stacheln auf dem Rücken.
»Ein Igel!« Ihr Vater kniete sich neben sie.
»Dad! Sein Kopf!«
Blut floss aus einer tiefen Wunde am Kopf des Igels, direkt über den Augen und kurz bevor die Stacheln anfingen.
»Was sollen wir machen?« In Immys Stimme schwang Panik.
Neben ihr war aber nicht die geringste Bewegung zu spüren. Ganz anders als *über* ihr. Die Schatten um Immy herum wurden dunkler. Und länger. Es schien, als würde der Baum sie beobachten und wissen wollen, was da vor sich ging.
Und dann verstand er, was los war.
Immy hätte schwören können, dass der Baum mit hoher Stimme gegen den Wind anschrie, während ein sperriger Zweig zu ihr herunterschwang.

Immy hob den Arm, um sich zu schützen. Jetzt war nicht der richtige Moment, um sich vor dem Baum zu fürchten.

»Dad!«, schrie Immy.

Noch immer rührte er sich nicht.

Immy beugte sich zu dem kleinen Igel hinunter. Er sah zu ihr auf, mit schwarzen Äuglein und einem bebenden Näschen, das sich ihr entgegenreckte.

Das arme Ding hatte sicher furchtbare Schmerzen.

Sie musste etwas tun.

Ihre Mutter war bei der Arbeit und würde erst in ein paar Stunden wieder da sein. So lange konnte der Igel nicht warten.

Immy sah sich nach Hilfe um und erblickte das Holzgatter, das zu Jeans Cottage führte.

Jean.

Ihr Mann war Tierarzt gewesen.

Sie hatte erzählt, dass sie ihm öfters zur Hand gegangen war. Mit Sicherheit wusste sie, was man jetzt machen musste.

Immy sprang auf, rannte zu der Stelle, wo ihr Vater die Gartengeräte abgelegt hatte, und griff nach einem Paar Arbeitshandschuhe, die sie schnell anzog. Schnell lief sie zurück zu dem Igel, hob ihn ganz, ganz vorsichtig auf und trug ihn dicht vor sich her durch den Garten.

»Ach, du meine Güte«, rief Jean und führte Immy in den verglasten Wintergarten ihres rosafarbenen Häuschens. Sie sah nach unten auf Immys Hände. »Das arme Ding.«

»Dad hat die Hecke geschnitten und …« Immy musste schlucken. Sie spürte, wie ihr die Tränen kamen.
Jean seufzte. »Ach, ich Dummerchen. Ich hätte euch warnen müssen. Diese Heckenscheren … da passiert so viel Blödes. Fast so viel wie beim Feuermachen. Weißt du, die Igel verstecken sich tagsüber. Sie sind Nachttiere, deshalb denken die Leute beim Heckenschneiden oder Feuermachen auch nicht daran, dass es da welche gibt. Hmm … ich glaube, das muss genäht werden.«
Jean ging zu einem Wäschekorb und leerte den Inhalt auf einen Lehnstuhl mit Rosenmuster. Dann kam sie zurück und nahm Immy vorsichtig den Igel ab.
»Ich weiß, das ist alles sehr aufregend, Immy, aber du musst jetzt ruhig bleiben. Nur so können wir diesem armen Tierchen helfen. Ich sage dir, was wir tun. Als Erstes mache ich eine Wärmflasche und lege sie mit dem Igel in den Wäschekorb, damit er es warm hat. Dann rufe ich den netten jungen Mann an, der die Praxis meines Mannes übernommen hat, und frage, ob er auf dem Heimweg hier vorbeischauen kann. Er heißt übrigens Jonathan. Und währenddessen hast du eine besondere Aufgabe. Du gehst dorthin zurück, wo du den Igel zuerst gesehen hast, und suchst unter der Hecke nach einem Nest. Ich vermute, dass dort noch ein paar Junge sind, also Igelbabys.«
»Echt jetzt? Igelbabys?« Immy blieb vor Überraschung der Mund offen stehen.
»Es sind in der Regel vier oder fünf. Wenn du welche findest,

dann bring sie her, damit wir uns um sie kümmern können. Und jetzt lauf und sieh nach.«

Genau das tat Immy. Sie stürmte zur Tür hinaus und riss fast das Gatter aus den Angeln, als sie es aufstieß und gleich wieder zuknallte.

Ihr Vater stand genau dort, wo sie ihn zurückgelassen hatte, und schien nicht recht zu wissen, was er tun sollte.

Über ihr ächzte der Baum im Wind – die Arme, vielmehr die Äste, schabten aneinander und stöhnten richtiggehend. Immy ignorierte beide und lief dorthin, wo die elektrische Schere lag. An der Hecke warf sie sich auf den Bauch. Fast auf Anhieb sah sie eine lichte Stelle, hinter der Blätter und Zweige aufgehäuft waren. Sie kroch näher und zerteilte die Hecke mit den Händen. Noch näher kriechend, schob sie ein paar der Blätter beiseite.

Und dann erblickte sie, wonach sie suchte.

»Ohhh …«, hauchte Immy. »Hallo.«

Drei eingerollte Igelbabys lagen da, jedes kaum größer als ein Mini-Cupcake. Vorsichtig griff sie in das Nest und holte sie nacheinander heraus. Die Tierchen waren ganz warm in der Hand und piksten auch ein bisschen. Sie legte sie ins Gras, bis schließlich alle draußen waren. Dann nahm sie alle behutsam in die Hände und ging Richtung Jean, ohne weiter auf ihren Vater oder den Baum zu achten.

Im Wintergarten war Jean gerade dabei, den Igel mit einer Wärmflasche in den Wäschekorb zu packen.

»Da bist du ja!«, rief sie. »Und, was gefunden?«

»Drei Junge.« Immy ging zum Wäschekorb und sah hinein. »Und wie geht es der Mutter?«
»Schwer zu sagen – sie ist noch unter Schock. Aber ich denke, sie erholt sich wieder. Wir müssen sie nur warm halten. Die Kleinen natürlich auch. Lass mich mal sehen.« Jean beugte sich über Immys Hände. »Wie entzückend. Drei Wochen alt, schätze ich.« Sie hob die kleinen Igel nacheinander hoch und betrachtete sie genauer. »Ein Mädchen, noch ein Mädchen und ein Junge. Am besten tun wir sie hier rein.« Sie griff nach unten und hob etwas auf, das wie ein Ofenhandschuh aussah.

Immy stand das Entsetzen wohl ins Gesicht geschrieben, als Jean die Igelchen in den Handschuh bugsierte, denn diese lachte. »Keine Sorge, ich stecke sie nicht ins Backrohr! So seltsam es vielleicht klingen mag, aber hier bleibt ihnen warm.«

Ein Klopfen an der Tür des Wintergartens sorgte dafür, dass Jean und Immy sich nach hinten drehten.

Es war Immys Vater, ziemlich grün im Gesicht.

Er räusperte sich. »Ach, hallo, ich bin nur gekommen, um …« Er brach ab.

In der jetzt eintretenden Stille sah Jean von einem zum anderen. »Warum gehen wir nicht alle in die Küche und warten bei einem Tässchen Tee auf den Tierarzt?«

Jean machte zwei Tassen Tee und eine heiße Schokolade für Immy, während Immys Vater neben dem runden Holztisch stehen blieb. Dort stand der Wäschekorb mit den Igeln, und immer wieder sah er nervös hinein.

Jean brachte die drei Tassen zum Tisch und legte Immys Vater die Hand auf die Schulter. »Andrew, seien Sie doch so lieb und holen Sie ein Päckchen Kekse aus der Küche. Im Schrank gibt es verschiedene Sorten, nehmen Sie einfach das, worauf Sie am meisten Lust haben.«

Immys Vater zuckte zusammen, als sei er aus einem Traum erwacht, ging dann aber brav Richtung Küche. Immy sah ihm nach, als könne sie das alles nicht glauben. Im Lauf der Jahre hatte es immer wieder Situationen gegeben, in denen er souverän Hilfe leisten konnte. Einmal waren sie im Kaufhaus, wo direkt vor ihnen ein Junge auf der Rolltreppe stolperte und sich am Bein verletzte. Ein anderes Mal war unweit ihres Hauses ein Autounfall passiert. Auch hier hatte er sofort geholfen.

Und jetzt überforderte ihn ein Igel, der am Kopf verletzt war? Jean nahm sich einen Stuhl und setzte sich neben Immy an den blank polierten Tisch. »Ich dachte, dein Vater sei Arzt?«, sagte sie irritiert. »Oder habe ich das falsch verstanden und nur deine Mutter arbeitet im medizinischen Bereich?«

Immy hielt den Blick auf die Tischplatte gesenkt. »Er *war* mal Arzt.«

Jean fragte nicht weiter.

Kurz darauf kam Jonathan, der Tierarzt, gab der Igelmutter eine lokale Betäubung und nähte ihre Wunde. »Ich denke, sie wird wieder gesund werden. Und zum Glück sind die Babys nicht allzu klein. Ich habe ein paar Wärmekissen mitgebracht, außerdem Spezialfutter und die dazugehörigen Spritzen. Sie wissen ja, Jean, dass sie in den nächsten Tagen so alle drei bis vier Stunden gefüttert werden müssen.«

»Oh!« Immy stand auf. »Das können wir übernehmen, nicht wahr, Dad? Wir können uns um sie kümmern.«

Ihr Vater sah sie mit leerem Blick an, als hätte er Jonathan gar nicht zugehört. »Hmmm? Was sagst du?«

Es entstand eine lange Pause, dann streckte Jean den Arm aus und tätschelte Immys Hand. »Vielleicht nehme ich sie besser, Immy. Ich schlafe sowieso nicht viel, und du musst ja für die Schule fit sein. Du kannst aber jeden Tag herkommen und nach ihnen sehen. Zumindest die Nachmittagsfütterung könntest du machen!«

Mit zusammengebissenen Zähnen und ohne den Blick von ihrem Vater zu wenden, setzte sich Immy langsam hin. Aber bevor sie etwas sagen konnte, klingelte Jonathans Telefon. Er ging ran und hielt nach ein paar Sekunden den Hörer an die Brust.

»Tut mir leid, ich muss weg. Eine Siamkatze hat Probleme bei der Geburt ihres letzten Babys. Sie wissen ja, wie das ist.« Er lächelte Jean zu.

»Oh ja, das weiß ich. Danke, dass Sie so schnell gekommen sind, Jonathan. Sehr nett von Ihnen.«

»Aber gern, jederzeit. Wobei ich natürlich hoffe, dass nicht weiterhin links und rechts Igel verletzt werden! Danke, ich finde allein hinaus!« Jonathan winkte noch einmal und

machte sich auf den Weg Richtung Eingang. »Schön, Sie beide kennengelernt zu haben, Andrew und Immy«, rief er.
»Danke, ganz meinerseits«, erwiderte Immys Vater, wenngleich natürlich einen Tick zu spät.
Immy selbst brachte kein einziges Wort heraus.
Ihr Körper war zu sehr mit der Wut beschäftigt, die da in ihrem Inneren kochte.

Kochende Wut

Jean wartete, bis sie die Tür aufgehen und wieder einschnappen hörte, und sah dann auf die Uhr.
»Mein Gott, wie spät es schon ist! Dein Vater muss sich vermutlich ums Abendessen kümmern, Immy!«
Immys Vater sah ebenfalls auf die Uhr. »Ja, klar. Höchste Zeit. Katie kommt bald heim.«
»Gehen Sie ruhig. Immy soll mir noch kurz mit den Igeln helfen, dann schicke ich sie rüber.«
»In Ordnung …« Immys Vater war bereits unterwegs zum Wintergarten. »Und Verzeihung noch mal wegen dem … ganzen Ärger.«
»Ach was, kein Problem«, sagte Jean. »Verletzte Tiere Tag und Nacht. Das war hier jahrzehntelang so.«
Immys Vater verschwand ohne ein weiteres Wort.
Immy hingegen blickte starr auf den Tisch und versuchte, wieder normal zu atmen. Ein und aus. Ein und aus.
»Na, komm.« Jean setzte sich zu ihr. »Ich sehe, dass du wütend

bist, Immy, aber manche Leute können nicht so gut mit Tieren. Das ist nun mal so.«

Immys Miene blieb unverändert. »Es ist nicht deswegen.«

»Ach so?«

Immy sah zu Jean und hatte plötzlich den Eindruck, ihr alles erzählen zu können. Sie atmete tief durch. »Es ist etwas passiert. In Australien. Also, einem seiner Patienten. Deshalb ... kann er nicht mehr arbeiten. Deshalb kann er *gar nichts* mehr.«

»Ich verstehe«, sagte Jean.

Etwas in ihrer Stimme ließ Immy erneut zu ihr hinsehen.

»Das passiert manchmal, also mit Medizinern. Auch mit Tiermedizinern übrigens. Es gibt diese Patienten, die anders sind. Also besonders. Die für immer bei einem bleiben. Es spielt glaube ich keine Rolle, ob das Menschen sind oder Pferde, Katzen und Hunde. Vielleicht sogar Igel. Mein Mann hatte einmal einen Hund als Patienten, der besonders speziell war. Er gehörte einer Frau hier im Dorf, deren Sohn Soldat war. Der Hund gehörte eigentlich ihm, aber er kam ums Leben, und der Hund war alles, was noch von ihm übrig war. Der Tag, an dem mein Mann den Hund einschläfern musste – ach, das war schrecklich. Einfach schrecklich. Niemand hatte Schuld. Es war nur ... das Leben. Trotzdem war es schrecklich, und er zog sich immer wieder komplett in sich zurück. Was ich damit sagen will, ist: Leute, die sich um andere kümmern, tun das manchmal so sehr, dass sie selbst darunter leiden. Und auch ihre Familie. Verstehst du?«

Immy nickte. Nur in Wahrheit verstand sie es nicht. Sie verstand nicht, warum ihr Vater den Igeln nicht helfen konnte, nur weil Bob zwei Menschen getötet hatte.
Das verstand sie *überhaupt* nicht.

Immy versuchte, die Fassung zu bewahren, als sie Jean mit den Wärmekissen half, dann ging sie. Vorsichtig schloss sie die Tür des Wintergartens hinter sich. Es hatte zu regnen begonnen, und um sie herum blies ein starker Wind. Sie machte den Reißverschluss ihrer Schulweste zu und ging so normal wie möglich zum Gatter, für den Fall, dass Jean ihr nachsah. Das Gatter schnappte hinter ihr ein.
Und dann rannte sie los.
Immy lief so schnell wie der Wind, der aus wechselnden Richtungen in den Garten fuhr. Sie rannte quer durch den Garten direkt auf die Hintertür des Lavendel-Cottage zu.
Fast hatte sie die Flügeltür erreicht, da passierte es – einer der Äste wurde vom Wind nach unten gedrückt und versetzte ihr beim Hinaufschnellen einen Hieb.
»Oh!« Immy fasste sich an den Arm, dorthin, wo der Baum sie getroffen hatte. Sie blieb stehen und sah langsam nach oben. Der Baum ragte über ihr auf, mit wild um sich schlagenden Ästen. Er sah beinahe so wütend aus, wie sie sich fühlte. Demnach waren sie also gleich wütend. »Er hat es nicht mit Absicht getan«, rief sie hinauf zu dem Baum. »Es war ein Unfall!«

Der Baum hörte nicht zu. Er schlug weiterhin mit den Ästen um sich und machte Immy dadurch noch wütender.

»Es geht hier nur um dich, ja? Keine Ahnung, was du für ein Problem hast, aber andere Leute haben auch Probleme, kapiert? Es war … es war total hart für ihn. Nur dass dir das egal ist!«

Damit ließ sie ihn stehen und stürmte durch wirbelnde Blätter zur Flügeltür.

Ihr Vater war in der Küche, und offenbar war ihre Mutter auch soeben heimgekommen, denn sie stand ebenfalls da, die Handtasche über der Schulter und den Autoschlüssel in der Hand.

Immy machte nicht einmal die Flügeltür hinter sich zu. Sie stand nur da, während hinter ihr der Wind hereinblies.

»Du hast es nicht mal probiert, Dad!«, schrie Immy. »Du hast den Igel verletzt und dann nichts getan, um ihm zu helfen! Ein kleiner Igel. Der blutet! Auf deinem Rasen. Du haust ihm fast den Kopf ab und stehst dann einfach rum. *Was ist denn bloß los mit dir?*«

Beide Eltern standen ganz geschockt da.

Als ihr klar wurde, dass keiner etwas zu antworten wusste, brach sie in Tränen aus. Sie rannte am Tisch vorbei und nach oben in ihr Zimmer. Sie war schon halb die Treppe hinauf, als ihre Eltern sich wieder bewegen konnten und ihr Vater ihr blitzschnell nachkam.

»Hiergeblieben, mein Fräulein«, sagte er vom Fußende der Treppe aus.

Immy blieb stehen, wo sie war.
»Was soll das hier werden?«
Erst jetzt drehte Immy sich um. Ihre Mutter war ihm nachgegangen und stand jetzt ziemlich ratlos hinter ihm. Sie hatte immer noch die Handtasche und den Autoschlüssel in der Hand. Sie sah aus, als würde sie am liebsten die Haustür öffnen, sich wieder ins Auto setzen und wegfahren. Vermutlich zur Arbeit.
»Du kannst doch nicht einfach so aus dem Zimmer stürmen«, belehrte ihr Vater sie. »Das bist du nicht.«
Immy sah ihn kalt an. »Woher willst du das wissen?«, sagte sie. »Woher willst du wissen, was oder wer ich bin? Du weißt ja nicht einmal mehr, wer *du* bist.«
Und dann rannte sie den Rest der Treppe hinauf und schlug ihre Zimmertür hinter sich zu.

In der Stille

Der Baum klagte und schabte die ganze Nacht hindurch an ihrem Fenster.
Erst weit nach Mitternacht konnte Immy einschlafen. Als sie wieder aufwachte, war ihre Mutter bereits zur Arbeit gefahren. Nach einem kurzen Frühstück, bei dem sie ihren Vater weitgehend ignorierte, ging sie rüber zu Jean, um ihr beim Füttern und Versorgen der Igelmutter und ihrer Jungen zu helfen. Speziell das Füttern der Kleinen gefiel ihr. Sie hob jedes ganz vorsichtig hoch – die kleinen Stacheln fühlten sich in der Hand an wie die Borsten einer Zahnbürste. Dann wickelte sie es in eine kleine Decke und gab ihm mit der Spritze seine spezielle Milchmischung. Jedes Igelchen saugte gierig am Ende der Spritze.
In dieser kurzen Zeit konnte sie vergessen, was bei ihr zu Hause los war. Sie konnte ihren Vater vergessen, der arbeitsunfähig war. Ihre Mutter, die immer nur arbeitete. Und den Baum, der sie ganz offensichtlich hasste und wohl auch vor-

hatte, ihr am Vorabend ihres Geburtstages schreckliche Dinge anzutun.

Erst als sie am Samstagvormittag von Jean zurückkam, wurde ihr bewusst, dass es fast Mittagszeit war und der endlose Nachmittag vor ihr lag. Sie musste daran denken, wie gestern der Baum nach ihr geschlagen hatte.

Und daran, was er wohl als Nächstes tun würde.

Ihr fiel Rileys Angebot ein, gemeinsam zur Bibliothek zu fahren. Immy holte den verknüllten Zettel mit seiner Telefonnummer aus der Schreibtischschublade und hielt ihn erst mal in der Hand. Ihr Herz schlug wild beim Gedanken an den Ausflug. Wenn ihr Vater herausfinden würde, dass sie so etwas gemacht hatte ... na ja, dann würde er endgültig durchdrehen. So viel war sicher. Aber je mehr sie darüber nachdachte, desto besser konnte sie ihre Schuldgefühle beiseiteschieben. Schließlich müsste sie nicht so heimlich vorgehen, wenn er selbst mit ihr wie gewünscht in die Stadt gefahren wäre. Früher hätte er wer weiß was darum gegeben, mit seiner Tochter die Bibliothek in Cambridge zu besuchen. Aber diesen Vater konnte man nichts bitten. Nichts und zu keiner Zeit.

Als sie merkte, dass ihr Vater in der Küche das Mittagessen vorbereitete, ging sie bis zum Esszimmertisch – und keinen Schritt weiter. Von dort aus sprach sie ihn an.

»Ist es okay, wenn ich am Nachmittag zu Riley gehe?«, fragte sie so beiläufig wie möglich. In Wahrheit musste sie erst einmal tief Luft holen, denn das Herz schlug ihr bis zum Hals.

»Wir, ähm, wollen dort spielen und dann vielleicht noch zum Park rübergehen.«
Der Kopf ihres Vater tauchte hinter der Ecke zur Küche auf.
»Riley ist der, der auch bei der Garten-AG war?«
Immy nickte.
»Sind seine Eltern einverstanden?«
»Er hat mich schon vor ein paar Tagen gefragt, aber ich war mir nicht sicher, ob es okay ist«, wich Immy der Frage aus.
»Da spricht doch nichts dagegen. Toll, dass du dich mit jemand anfreundest.« Sein Kopf verschwand wieder in der Küchenzeile. »Solange du um Punkt fünf wieder hier bist.«
Immy musste schlucken. »Kann ich kurz anrufen und ihm das sagen? Er hat mir seine Nummer gegeben.« Sie warf einen Blick auf den schweißigen Zettel in ihrer Hand.
»Na klar.«
Immy nahm sein Handy vom Tisch, ging aus dem Zimmer und musste sich auf die Treppe setzen, so sehr wackelten ihr die Beine. Sie wählte Rileys Nummer. Sein Vater war dran, und sie fragte, ob sie mit Riley sprechen könne. Nach ein paar Sekunden kam er dann an den Apparat.
»Hallo?«, fragte er.
Immy konnte nichts sagen.
»Hallo?«
»Ich bin's«, sagte sie. »Immy. Ähm … können wir los?« Ihre Stimme wurde zu einem Flüstern. »Also heut Nachmittag?«
»Logisch.« Ohne eine Sekunde zu überlegen, mit unbeschwerter Stimme, als hätte sie ihn nur gebeten, ihr in der Schule

mal kurz den Stift auszuleihen. »Wollen wir uns um zwei bei dir vor dem Haus treffen? Um zehn nach fährt dann der Bus beim Dorfladen ab.«

∾

Nachdem sie ihr Sandwich gegessen hatte, huschte Immy hinauf ins Kinderzimmer und packte umständlich ihre Tasche, ganz als würde sie keinen Ausflug in die Bibliothek, sondern eine größere Expedition planen. Schließlich entschied sie sich für ein Notizheft, zwei Bleistifte und ihren Geldbeutel mit dem Fünfzig-Pfund-Schein drin – einem Geschenk ihrer Eltern, um die Erschütterung des Umzugs etwas abzumildern.
Um Punkt zwei verabschiedete sich Immy von ihrem Vater, der im Wohnzimmer ein Buch las.
»Ich geh dann mal, Dad«, sagte sie. »Er wohnt in dem gelben Haus, hier bei uns in der Straße.«
Ihr Vater sah über den Rand des Buchs zu ihr. »Und du bist um fünf zurück?«
Immy nickte.
Sie sahen sich einen Moment lang an – so vieles blieb ungesagt zwischen ihnen.
Schließlich gab ihr Vater einen Seufzer von sich. »Okay. Bis um fünf dann.«

∾

Immy passierte das Gartentörchen, wandte sich dann nach links und ging die Straße entlang. Als sie den Dorfladen er-

reichte, kam gerade Riley aus seinem Haus. Er winkte ihr fröhlich zu und überquerte die Straße, um sie an der Bushaltestelle zu treffen.
»Ich kann gar nicht glauben, wie ruhig du aussiehst«, sagte Immy. »Machst du so etwas öfters?«
»Du meinst, heimlich in die Bibliothek gehen?« Riley sah sie amüsiert an. »Nein. Obwohl meine Eltern voll happy darüber wären.«
»Du weißt, was ich meine. Egal wohin.«
»Jetzt beruhig dich doch mal. Was kann denn passieren? Wir nehmen den Bus, steigen bei der Bibliothek aus, forschen ein bisschen zu deinem Baum, nehmen den Bus zurück und steigen hier wieder aus. Keine große Sache, oder?«
»Du bist einfach mutiger als ich.«
Riley lachte. »Hey, du bist mutiger als so ziemlich jeder hier im Dorf. Niemand sonst hätte den Mut gehabt, in dieses Cottage zu ziehen. Schau mal, da kommt der Bus.«
Immy sah sich kurz um, ob die Luft auch wirklich rein und nicht doch irgendwo ihr Vater zu entdecken war. Dann suchte sie in ihrer Tasche nach ihrem Geldbeutel, ließ ihn aber ungeschickt zu Boden fallen und hob ihn schnell wieder auf.
»Müssen wir ihm irgendwie winken oder so?«
Riley streckte den Arm aus. »Ja. Dann weiß der Fahrer, dass er anhalten muss. Hör mal, dir wird jetzt aber nicht schlecht, oder?«
»Nein!«
Die Bustür ging auf, und Riley wollte als Erster einsteigen.

»Ich zahle für uns beide«, sagte Immy. »Ich hab'n bisschen Geld.« Sie ging an ihm vorbei und zog ihren Fünfzig-Pfund-Schein heraus. Der Fahrer seufzte, als er den großen Geldschein sah. Immy brach in Panik aus. »Aber ich hab's nicht kleiner«, flehte sie.

»Zweimal Kinderfahrkarte nach St. Isles und zurück, bitte«, sagte Riley und legte das Geld passend hin.

Zwei Fahrscheine kamen aus dem Automat, ohne dass der Fahrer noch etwas gesagt hätte.

»Ich geb's dir wieder«, sagte Immy, als Riley sich in einen Sitz in der Busmitte fallen ließ. Sie setzte sich neben ihn und legte die Hände vors Gesicht, während der Bus abfuhr. »So was mache ich nie wieder!«

»Du hast es noch gar nicht gemacht!«, prustete Riley. »Das wird bestimmt super. Nach deinem Anruf habe ich Mrs. Marsh in der Bibliothek angerufen und ihr gesagt, dass wir kommen. Glaub mir, die ist jetzt komplett von der Rolle. Mit Sicherheit hat sie längst alles nachgeschlagen, wenn wir ankommen, und in gut einer Stunde sind wir wieder zurück.«

In der Bibliothek

Als die beiden die Bibliothek betraten, deutete Riley auf eine Frau an der Bücherabgabe.
»Das ist Mrs. Marsh«, sagte er.
Immy sah, dass die Frau gerade mit einem Mann redete, der einen großen Stapel Bücher bei sich hatte.
»Wir gehen nachher zu ihr. Komm hier rüber«, sagte Riley und gab ihr ein Zeichen, ihm zu folgen.
Er ging an ein paar großen Tischen und einem Bereich mit Lehnstühlen vorbei und erreichte die gegenüberliegende Wand.
»Das sind die Fotos, von denen ich dir erzählt habe.«
»Wow.« Immy betrachtete die Wand, die voll mit gerahmten Schwarzweißfotografien war. Darüber stand direkt auf der Wand der Schriftzug »Historische Gesellschaft St. Isles.«
Immy machte einen Schritt nach vorne und sah sich die Fotos genauer an. Auf einem waren drei junge Frauen mit langen Röcken, hochgeschlossenen Krägen und hochgesteckten

Haaren; die Bildunterschrift lautete: Lehrerinnen, St. Isles Vorschule, 1907. Daneben war eine Gruppe von Soldaten zu sehen: Heimkehrer aus St. Isles am Jahrestag des Kriegsendes, 1919. Immy bemerkte, dass einem Soldat in der ersten Reihe ein Arm fehlte. Das nächste Bild war fröhlicher und zeigte eine Gruppe von Frauen, die mit kleinen Ringen nach Glasflaschen warfen und lachten; hier war die Bildunterschrift: St. Isles Karneval, 1926. Immy betrachtete staunend die Fotos. Kaum zu glauben, dass das echte Menschen waren. Menschen, die sich überlegt hatten, was sie an diesem Tag anziehen sollten, die gemeinsam mit Freunden Pläne gemacht oder darüber nachgedacht hatten, was sie beim Karneval zu Mittag essen würden ... all diese ganz alltäglichen Dinge.

Auf dem nächsten Foto ging es ziemlich bunt zu. Es zeigte eine Straße voller Tische, Dekorationen und Englandfahnen anstelle der Autos – ein Straßenfest. »Sieh mal«, sagte Immy beim Lesen der Bildunterschrift und fuhr erklärend fort: »Das ist der Tag der Befreiung in St. Isles – um das Ende des Kriegs in Europa zu feiern. Genau an dem Tag ist Elizabeth verschwunden.«

Riley sah sich das Bild an. »Ich hab auch was gefunden«, sagte er. »Dort drüben.«

Immy folgte ihm, um sich sein Bild anzusehen. »Das ist unsere Straße«, sagte er. »Und schau mal, hier ist euer Haus.« Er deutete auf ein Gebäude am Ende der Straße. »Man sieht sogar ein Stück von dem Baum.«

Immy ging so nahe wie möglich an das körnige Foto heran. Riley hatte recht. Vorne war der Park, und etwas weiter die Straße entlang sah man das Lavendel-Cottage mit der schwarzen Spitze des Baumes, die bedrohlich über das Strohdach ragte.

Beide betrachteten das Bild.

»Der Baum müsste echt mal zum Psychiater«, sagte Riley schließlich.

»Riley, da bist du ja!«, erklang eine Stimme hinter ihnen, sodass beide vor Schreck zusammenfuhren. »Und du bist dann wohl Immy.« Die Frau hielt ihr die Hand entgegen. »Ich bin Susan Marsh.«

Immy schüttelte ihr die Hand und stellte sich vor.

»Wie interessant, dass du im Lavendel-Cottage wohnst. Es hat eine lange Geschichte, wie du sicherlich schon mitbekommen hast.«

»Ein bisschen was weiß ich«, sagte Immy. »Aber ich würde gern mehr wissen. Die Leute scheinen nicht gern darüber zu reden.«

Mrs. Marsh nickte. »Nun ja, das überrascht mich nicht. Hier bei uns erinnert man sich lange. Ich habe euch einen Computerplatz reserviert. Und bitte verzeih, aber ich habe nach Rileys Anruf selbst schon ein bisschen gestöbert.«

Riley warf Immy einen Blick nach dem Motto »Hab-ich-doch-gesagt« zu.

»Es gibt allerdings kaum Informationen – so gut wie nichts über das erste Mädchen, also Bridget –, und nur ein paar zu dem zweiten …« Mrs. Marsh machte eine Pause.

»Elizabeth«, sagte Immy.

»Genau! Danke, den Namen hatte ich vergessen. Aber komm und schau dir an, was ich gefunden habe. Ich habe die Zeitungsartikel auf zwei Computern zusammengestellt, damit ihr parallel lesen könnt.«

Immy und Riley saßen an ihren Computern und lasen so schnell sie konnten, nur hie und da unterbrach einer von beiden und wies den anderen auf ein interessantes Detail hin. Zu Elizabeth gab es dann doch eine ganze Reihe Artikel, nur berichteten sie mehr oder weniger das Gleiche und kamen auch zu dem selben Schluss: Nach Ansicht der Polizei war Elizabeth von selbst weggerannt. Da sie im Krieg aus London evakuiert und hierher aufs Land geschickt wurde, nahm man an, dass sie einfach wieder heimgelaufen war. Als sie nach einer Woche nicht dort ankam, forschte man ein bisschen weiter – auch weil sie nichts von ihren Sachen mitgenommen hatte und offensichtlich nur mit einem Nachthemd bekleidet war.

Ein längerer Artikel mit der Überschrift »Landstreicher in Hemingford d'Arcy?« versprach neue Informationen zu dem Fall. Er meldete, dass Elizabeth einer Freundin erzählt hätte, sie habe am Tag vor ihrem Verschwinden etwas in dem Baum gesehen. Die Polizei sei diesem Hinweis nachgegangen, und da es in Elizabeths Zimmer keinerlei Anzeichen für eine Auseinandersetzung gegeben hätte, sei davon auszugehen, dass jemand sie zum gemeinsamen Weglaufen überredet habe. Der Artikel betonte allerdings, dass niemand im Dorf das für glaubhaft hielt. Sämtliche der befragten Personen sagten, sie wüssten, was in Wahrheit passiert sei – dass nämlich der Baum der Familie auch ein zweites Mädchen genommen hätte.

»Zumindest eines wissen wir«, sagte Riley, als sie fertig waren mit Lesen.

»Und das wäre?«

»Na ja, niemand in diesem Dorf ändert jemals seine Meinung.«

»Was denkst du, was Elizabeth im Baum gesehen hat?«, fragte Immy.

»Keine Ahnung. Einen Menschen, vermutlich. Glaubst *du* denn, dass sie weggelaufen ist?«

Immy wusste nicht recht, was sie darauf antworten, oder wie viel sie Riley erzählen sollte. »Wer rennt schon weg und hat nichts als ein Nachthemd an?«

»Ich denke, die Polizei hat recht und sie wurde zum Weglaufen überredet. Diese Person hat ihr dann was gegeben.«

»Möglich«, sagte Immy, ohne richtig überzeugt zu klingen.

Als sie dann Mrs. Marsh erzählten, was sie alles gelesen hatten, gab diese ihnen noch ein paar Fotoalben, auf die sie gestoßen war. Das meiste waren alte Aufnahmen aus ihrem Dorf. Sie machten sich darüber her, und auch Mrs. Marsh kam immer wieder vorbei, wenn ihre Pflichten es erlaubten.

Gerade betrachteten sie alte Fotos von der Mühle, in der

Immy sich mit ihren Eltern die Wohnung angesehen hatte, da sah Mrs. Marsh auf die Uhr.
»Oh!«, sagte sie. »Es ist schon fast fünf. Ich muss langsam schließen.«
Immy sah panisch zu Riley. »Fünf Uhr? Schnell. Wir müssen heim!«

Immy bedankte sich bei Mrs. Marsh, dann verließen sie fluchtartig die Bibliothek.
»Wir müssen an der Ampel rüber und den Bus in die andere Richtung nehmen«, erklärte ihr Riley. »Der müsste in den nächsten zehn Minuten kommen.«
Sie überquerten die Straße und gingen zu der Bushaltestelle, auf die Riley gezeigt hatte. Während sie warteten, trippelte Immy von einem Fuß auf den anderen und hielt im Verkehrsgewirr Ausschau nach dem Bus.
»Er kommt nicht!« Immy blickte sich zu Riley um, der auf der Wartebank saß.
»Er fährt ja auch noch gar nicht«, sagte er. »Erst in fünf Minuten. Immer ruhig bleiben!«
Aber Immy war nicht ruhig.
Sie war sogar *alles andere* als ruhig.
Sie waren als Erste im Bus, mussten dann aber warten, bis auch die restlichen Fahrgäste eingestiegen waren. Immys Füße wippten nervös auf und ab. »Jetzt macht schon!«, flüsterte sie immer wieder vor sich hin.

Schließlich fuhren sie los.

Geschlagene fünfzehn Minuten brauchten sie bis in ihr Dorf, und als Immy ihre Straße erblickte und Riley den Halteknopf zum Aussteigen drückte, war es zwanzig nach fünf.

Sie wusste, dass sie jetzt nichts zu lachen hatte. Wenn sie eines wusste, dann das.

Als der Bus anhielt und sie sich zum Aussteigen bereitmachten, sah Immy ihren Vater. Er ging zielstrebig auf die Grünanlage zu.

»Sieh nur!«, sagte sie und packte Rileys Arm. »Er geht zum Park. Bei euch hat er garantiert schon geklingelt.«

Riley hatte Immys Vater ebenfalls erblickt und nickte. Dann drehte er sich zu ihr um. »Immer ruhig bleiben«, sagte er. »Ich hab 'ne Idee.«

Riley zog Immy mit sich über die Straße und direkt hinein in den Dorfladen, der laut Aushängeschild noch bis sechs Uhr geöffnet hatte.

»Was tun wir hier?«, zischte Immy ihm zu.

»Hör auf mit der Fragerei und hol jedem von uns ein Eis. Zwei verschiedene.«

Immy sah ihn an, als hätte er den Verstand verloren.

»Jetzt mach schon!«

Immy ging nach hinten zu den Kühltruhen mit den Schiebedeckeln aus durchsichtigem Plastik und holte für jeden ein Eis heraus. Sie brachte beide zurück zu Riley.

»Jetzt bezahlst du sie, du Genie!«, befahl er ihr.
Immy ging zu dem Mann an der Kasse und bezahlte ihren Einkauf.
»Und jetzt?«, fragte sie, als sie wieder zu Riley ging, der an der Tür auf sie wartete. Er nahm ihr die beiden Tüten ab, riss die Verpackung auf und gab ihr ein Eis.
»Jetzt stellen wir uns vor dein Haus.«

Es dauerte rund fünf Minuten, bis Immys Vater wieder zum Lavendel-Cottage kam. Immy hatte solche Bauchschmerzen, dass sie kaum am Eis lecken konnte, das ihr in der Hand zerschmolz.
Gerade wollte ihr Vater den Mund aufmachen, da trat Riley einen Schritt nach vorne und kam ihm zuvor. »Tut mir super leid, Dr. Watts«, sagte er. »Ich hab so lange mit der Eis-Auswahl gebraucht, dass Immy jetzt zu spät kommt.«
Immy sah mit offenem Mund zu Riley, während ihr die Eiscreme auf die Schuhe tropfte. Eine stimmige Ausrede und die richtige Anrede ihres Vaters? Dieser Junge war *so gut*, dass man fast schon Angst bekommen konnte.

Und immer weiter so

Immys Vater kaufte Riley die Ausrede ab, und so wie das Wochenende begonnen hatte, ging es dann auch in den folgenden Tagen weiter. Immy und ihr Vater schlichen umeinander herum, ohne viel miteinander zu reden, außer, was sie zum Frühstück wollte oder ob sie am jeweiligen Tag ihre Sportsachen mitnehmen musste. Anfangs konnte Immy ihr Glück gar nicht fassen. Weder war ihre Fahrt zur Bibliothek aufgeflogen, noch hatten ihre Eltern sie dafür bestraft, dass sie ihren Vater angeschnauzt und beiden die Tür vor der Nase zugeknallt hatte. Sie war sich sicher gewesen, Hausarrest zu bekommen (ohne dass man jetzt groß wo hingehen konnte) oder einen geschlagenen Monat lang die Spülmaschine ausräumen zu müssen. Aber mit der Zeit ließ ihr Glücksgefühl etwas nach. Stattdessen bereitete ihr nicht nur der Ausflug in die Bibliothek zunehmend Bauchschmerzen, sondern auch der Umstand, dass ihre Eltern ihren Streit totschwiegen. Sie bereute ihr Verhalten, wusste aber nicht, was sie tun oder sa-

gen konnte, um die Sache wiedergutzumachen. Also tat oder sagte sie nichts. – Noch etwas anderes ließ sich nicht so leicht abschütteln. Das Lied.
Der Baum war ihr böse, das wusste sie genau. Er hatte sie gewarnt – erst mit dem Lied, dann durch den merkwürdigen Stromschlag. Immy war zurückgeschreckt, und er hatte sich wieder beruhigt. Aber die Sache mit den Igeln hatte seine Wut erneut hochkochen lassen. Vielleicht sogar der Bibliotheksbesuch. Wusste er darüber auch Bescheid?
Der Baum konnte allerhand sehen. Und er wusste manches. Zumindest dessen war sich Immy sicher.
Unablässig hörte sie das Lied. Im Klassenzimmer, auf dem Weg zur Schule, in der Bücherei. Anfangs dachte sie, es sei Caitlyn, die sich hinter irgendwelchen Ecken versteckte und es auf sie abgesehen hatte. Aber bald merkte sie, dass dem nicht so war. Denn sie hörte das Lied auch an anderen Orten. In der Dusche. Im Supermarkt. Im Bett.
Grundsätzlich im Bett, während die Finger des Baums quietschend am Fensterglas rieben.

Am Maulbeerbaum geh nur behutsam vorbei,
sonst holt er die Töchter sich,
eins,
zwei,
drei,
im Dunkeln und heimlich – spurlos sogar,
erleben sie nie ihr zwölftes Jahr.

Sie versuchte, die Verse und das endlose Gekratze des Baums aus ihrer Wahrnehmung zu verbannen – und an andere Dinge zu denken. Aber die Stunden vergingen und es wurde immer schwieriger, alles beiseitezuschieben. Genau wie es immer schwieriger wurde, so zu tun, als laufe in ihrer Familie alles ganz normal.

Am Dienstag war Immy nach dem Abendessen bei Jean. Sie hatte die Igelchen gerade gefüttert, und jetzt sorgte Jean für ihren Toilettengang (was Immy nicht gern tat). Dazu streckte sie jeden in der Hand aus und rieb ihm mit dem Zipfel eines Baumwolltuchs, das in Mandelöl getaucht wurde, über den Bauch, woraufhin das Tierchen sein Geschäft erledigte. Anschließend reichte sie es dann Immy.

»Heute kommt auch der Tierarzt«, sagte Jean, nachdem sie erst mal schweigend gearbeitet hatten. »Ich denke, dass wir das nicht mehr lange machen müssen. Die Jungen nehmen ordentlich zu. Schon in ein paar Tagen können sie wohl allein fressen und zur Toilette gehen.«

»Wirklich?«

Jean nickte. »Sie entwickeln sich ganz gut. *Du* machst das ganz gut. Du hast dich hervorragend um sie gekümmert. Du hast aufgepasst und eine Menge gelernt.«

Wieder kehrte Stille ein.

»Aber sag mal ...« Jean sah von dem letzten Igelchen in ihrer Hand auf. »Ist zu Hause alles in Ordnung?«

Sie stellte die Frage in der typisch beiläufigen Art, mit der Erwachsene ihre eigentliche Absicht verbergen wollen.

Als sie Immys Miene sah, seufzte sie. »Verzeih, ich wollte nicht indiskret sein.«

»Nein, nein, schon in Ordnung«, erwiderte Immy, während sie zwei Igelchen in ihrer Hand streichelte. Sie wusste nicht genau, wie viel sie preisgeben sollte. Aber nachdem Jean ihr von ihrem Mann und diesem Hund erzählt hatte, würde sie wohl allerhand verstehen. Deshalb erzählte sie ihr das mit Bob. Und zwar *alles*.

»Oh, Immy«, sagte Jean, als sie fertig war. »Das ist ja furchtbar. Wirklich entsetzlich.«

Immy nickte und hatte einen Frosch im Hals.

»Dein Dad muss ein sehr guter Arzt sein, wenn ihn das so sehr mitgenommen hat. Seine Patienten vermissen ihn sicher.« Jean reichte ihr das letzte Igelbaby.

Immy zuckte mit den Schultern.

»*Du* vermisst ihn sicher.«

Sie merkte, dass das stimmte. Ihr Vater war zwar da, aber gleichzeitig war er auch weg. Sie vermisste, dass er nicht wie jetzt nur zuhörte, sondern sich auch tatsächlich *an*hörte, was sie nach der Schule auf die von ihm gestellten Fragen antwortete. Sie vermisste ihre gemeinsamen Ausflüge mit dem Fahrrad. Sie vermisste es, mit ihm schwimmen zu gehen. Sie vermisste sogar seine entsetzlichen Backversuche. Natürlich war er noch da, aber eben nicht *anwesend*. Genau darin bestand der Unterschied.

Immy konzentrierte sich auf die drei kleinen Igel in ihrer Hand, um nicht auf der Stelle loszuheulen. Sie spürte, wie

Jean sie ansah. Es gab so viel, das sie ihr gern gesagt hätte. Sie wollte ihr erzählen, wie traurig sie über die Veränderung ihres Vaters war. Sie wollte ihr von dem Lied erzählen. Und von Caitlyn und der Schule.
Aber sie tat es nicht.
Stille legte sich über das Zimmer. Erst nach einiger Zeit begann Jean wieder zu reden, ganz ruhig und leise.
»Immy, merkst du, wie vorsichtig du die kleinen Igel hältst? Genau so musst du im Moment das Herz deines Vaters halten. Und eines Tages wirst du überrascht sein. Weil dann – und hoffentlich schon bald – wird er sich selbst vergeben können, was er zu den Geschehnissen beigetragen hat, und die Welt wird wieder für ihn da sein. Kannst du damit etwas anfangen?«
Immy blickte zu ihr auf. Erneut nickte sie, obwohl sie nicht recht wusste, ob sie Jean glauben wollte oder nicht.
»Dich um deinen Vater zu kümmern, hat gegenüber den Igeln zumindest einen Vorteil«, sagte Jean dann augenzwinkernd.
»Und der wäre?«
»Ihm musst du nicht helfen, sein Geschäft zu verrichten.«

Als Immy an diesem Abend durch die Flügeltür trat, wusste sie, dass etwas los war. Ihre Eltern saßen am Tisch und sahen aus, als würden sie über ernste Dingen reden.
Das verhieß nichts Gutes.

»Setz dich«, sagte ihre Mutter, ohne dass ihr Gesichtsausdruck etwas verriet.
Zögernd nahm Immy Platz.
»Ich hab gerade zu deinem Dad gesagt, dass wir langsam mal deinen Geburtstag planen sollten. Es war die Rede von Paris, aber so kurzfristig kann ich mir jetzt doch nicht freinehmen. Wenn du Angst hast, am Vorabend des Geburtstags hier zu sein – vielleicht übernachten wir irgendwo in der Nähe?«
»Nein«, sagte Immy schnell. »Ich möchte nicht von hier weg.«
Sie war nicht sicher, ob das stimmte. Mit den Eltern wegzufahren, war *tatsächlich* nicht das, wonach ihr der Sinn stand, aber die Alternative – nämlich hierzubleiben – wollte sie das wirklich?
Plötzlich setzte das Lied wieder ein.
Am Maulbeerbaum geh nur behutsam vorbei …
Sie schob die Verse beiseite, um ihrer Mutter zuzuhören.
»Na ja«, fuhr diese fort, »wir können auch ein andermal darüber reden, aber ich dachte … dass wir zumindest eine kleine Party planen könnten. Ich weiß, dass es Startschwierigkeiten gab«, sie sah Immys Vater an, was Immy zeigte, dass er ihr endlich die Sache mit dem Reporter und Caitlyn erzählt hatte, »aber vielleicht können wir die Wogen etwas glätten. Dein Geburtstag ist ein Sonntag – wir könnten vielleicht etwas im Garten machen. Bis dahin sind noch eineinhalb Wochen, also genügend Zeit, um ein paar Einladungen zu verschicken.«
Das Lied in Immys Kopf hörte auf, als sei es an eine Backsteinmauer geknallt.

»Du meinst *hinten* im Garten?«, fragte sie. Durch die Flügeltür in ihrem Rücken konnte sie den Baum spüren. Sie war sich sicher, dass seine Äste näher herankrochen, um auch ja alles mitzubekommen.
»Ja, genau«, sagte ihre Mutter.
Immy sah sie an, als hätte sie den Verstand verloren. »Und wen sollen wir einladen?«
»Na ja, deine Klasse. Und die Eltern.«
Das war wohl ein Scherz.
»Niemand würde kommen«, sagte Immy tonlos.
»Vielleicht ist das wirklich etwas provozierend, Katie«, sagte Immys Vater. »So wie es aussieht, gehen die Leute aus dem Dorf nicht einmal *vor* dem Lavendel-Cottage vorbei. Und ich hab dir ja erzählt, wie diese Frauen bei der Kleiderausgabe reagiert haben. Ich glaube nicht, dass sie mir so einfach verzeihen.«
Immy war überrascht, dass er das sagte. Zumindest in einem Punkt waren sie offenbar einer Meinung.
»Wenn überhaupt jemand kommen würde, dann nur, um nachzusehen, ob ich noch da bin«, sagte sie und fügte in Gedanken hinzu: *Sonst holt er die Töchter sich, eins, zwei, drei …*
Immys Mutter zuckte mit den Schultern. »Ich dachte, es sei eine gute Idee. Ein neuer Anfang«, sagte sie dann. Sie klang genervt.
Immy interessierte sich nicht dafür, ob ihre Mutter jetzt genervt war oder nicht. Genervt war sie nämlich selbst. Von

Caitlyn. Von ihrem Vater. Von Mutters dämlicher Arbeit. »Ich dachte, das hier *sei* er bereits, unser Neuanfang«, sagte sie.
Und dieser eine Satz gab den Ausschlag.
Was bislang im Familientopf nur leise vor sich hingebrodelt hatte, kochte jetzt mit einem Mal über.

Das Beste draus machen

»Sorry, aber das dachte ich wirklich!«, rief Immy. »Ich meine, wie viele neue Anfänge kann eine Familie denn haben?«
»Immy!«, rief ihre Mutter.
»Aber das ist doch wahr!«
»Du wolltest, dass wir hier wohnen, Immy«, betonte ihr Vater. »Und klar, nicht alles verlief nach Plan, aber wir versuchen doch, das Beste draus zu machen. Deine Mutter möchte sich mit allen aussöhnen und ist dabei so nett, dir zu diesem Zweck eine Geburtstagsparty auszurichten.«
Schlagartig bereute Immy, sich am Abend zuvor für ihren Vater eingesetzt zu haben. Ihn dem Baum gegenüber verteidigt zu haben. Sie vergaß völlig, das Herz ihres Vaters vorsichtig zu halten, und stand auf. »Ich wollte, dass wir hier wohnen? Nein. Ich wollte in Sydney wohnen. Bei meinen Freundinnen. In der Nähe meiner Schule. *Dort* wollte ich wohnen.«
Ihr Vater schlug mit der flachen Hand so laut auf den Tisch, dass Immy zusammenzuckte. »Tut mir leid, aber die Dinge

verändern sich nun mal. Menschen verändern sich. Nicht alles im Leben ist immer zu hundert Prozent perfekt. Denk …«, er fuhr sich mit der Hand durch die Haare, »denk bloß nicht, dass die Erwachsenen auf alles eine Antwort haben, Immy! Das haben sie nicht. Manchmal … manchmal kennen sie nicht einmal die Frage.«
Mit jedem Wort schien er zusammenzuschrumpfen, und je länger Immy ihm dabei zusah, desto mehr schrumpfte auch ihre Wut. Plötzlich war sie nicht mehr böse, sondern ängstlich. Sehr ängstlich sogar. Was, wenn ihr Vater nie wieder arbeiten würde? Was, wenn alles für immer so bliebe wie jetzt? Ihr Kinn begann zu zittern. »Aber du bist doch Arzt! Und trotzdem konntest du dem Igel nicht helfen. Du hast ihn verletzt und warst vollkommen hilflos.«
»Ich weiß, du kannst das nicht verstehen …«, sagte ihr Vater.
»Dann erklär es mir«, meinte Immy und setzte sich wieder auf ihren Stuhl.
Ihre Eltern sahen sich einen Moment lang an, dann nickte ihre Mutter zustimmend. Als ihr Vater wieder zu Immy blickte, waren seine Augen feucht. »Eine Mutter und ihr Kind sind gestorben, Immy. Klar verstehst du nur schwer, dass ich dabei eine Rolle gespielt habe – aber das habe ich. Und jetzt steht ein Mann, der wie ich Frau und Kind hatte, vor dem Nichts. Vor dem Nichts.«
Während Immy zuhörte, verkrampften sich unter dem Tisch ihre Hände. Wie kam er auf die Idee, dass sie das nicht wusste? Sie *alle* wussten es und dachten tagtäglich an diesen Mann.

Was ihr Vater aber nicht verstand, war etwas, das ihr in den letzten Wochen klar geworden war. Und jetzt erkannte sie, dass sie es aussprechen musste, denn von allein schien er diesen Schluss ja wohl nicht ziehen zu können. Für jemanden mit einem Haufen Titel hatte er ziemlich wenig Ahnung. Immy sah ihn an, direkt und ohne mit der Wimper zu zucken. Als sie sich dann gesammelt hatte und zu sprechen begann, war ihre Stimme ruhig und gesetzt. Kontrolliert. »Das wissen wir, Dad. Wir wissen, dass er alles, was ihm lieb und teuer war, verloren hat. Nur verstehe ich nicht, was es ihm bringen soll, *wenn du ebenfalls alles verlierst.*«

Wenn sie den Eindruck gehabt hatte, ihr Vater sähe vorher niedergeschlagen aus, dann war sein Gesichtsausdruck jetzt … kaum hatte sie ihren Satz beendet, wünschte sie auch schon, sie könnte ihn zurücknehmen. Einfach runterschlucken. Sein Rücken wurde steif, und er schob sich vom Tisch weg nach hinten. Er sah aus, als hätte Immy ihn geohrfeigt.

In diesem Augenblick klingelte Mutters Telefon.

Alle wussten, was das zu bedeuten hatte.

Keine Sekunde länger wollte Immy mit den beiden im selben Raum sein. Sie stand so ruckartig auf, dass der Stuhl laut polternd zu Boden fiel und dabei nur knapp die Flügeltür verfehlte. Daraufhin stürmte sie wie am Abend zuvor hinaus. Sie lief die Treppe hinauf und in ihr Zimmer, knallte dann die Tür zu und schob den Schreibtisch davor. Sie wollte mit keinem von beiden reden. Sie wollte einfach ihre Ruhe haben.

Nur dass sie die natürlich nicht hatte.
Denn da war es plötzlich wieder. Das Lied.
Am Maulbeerbaum geh nur behutsam vorbei …
Immy ging durchs Zimmer und zog den Vorhang beiseite. Sie öffnete das Fenster und machte es weit auf.
Da war er, der Baum, und streckte ihr durch die Dunkelheit seine dürren Finger entgegen. »Wie bitte? Was ist los? Was hast du eigentlich für ein Problem?«, sagte sie zu diesem dunklen Wesen, vor dem sich ihr Haus ganz klein machte. »Worüber musst *du* dich denn ärgern? Was ist so furchtbar in deiner Welt, dass du Mädchen an ihrem Geburtstag entführen musst? Du bist nur ein Baum! Was kannst du schon für Probleme haben?«
Den Mond im Rücken, richtete sich der Baum zu voller Größe auf, wobei seine Äste vor lauter Wut zu beben schienen.
Ohne groß nachzudenken, streckte Immy den Arm ganz weit aus und tat etwas, das sie sich bislang nicht getraut hatte – sie berührte den Baum. Sie griff nach dem erstbesten Zweig. Schwer und knorrig lag er in der Hand, und sofort schoss ein starkes Gefühl in ihren Körper. Es kam ihr vor, als würde sie in einen Spiegel sehen, nur waren es ihre *eigenen Gefühle*, die da zu ihr zurückgeworfen wurden.
Der Baum.
Er war genauso wütend wie sie selbst. Das konnte sie spüren.
Immy spürte aber auch noch etwas anderes. Ein anderes Gefühl. Eines, durch das ihr Inneres nach unten sackte – Trauer.
Der Baum war traurig.

Keuchend ließ Immy den Ast los und taumelte nach hinten. Das war doch nicht möglich. Bäume hatten keine Gefühle. Was konnte ein Baum anderes brauchen als Erde und Wasser? Sie betrachtete ihn mit offenem Mund und weit aufgerissenen Augen.
Sonst holt er die Töchter sich, eins, zwei, drei ...
Sie machte einen Schritt nach vorne. »Also. Sagst du es mir jetzt? Was macht dich so wütend? Warum bist du traurig?« Plötzlich erinnerte sie sich an das Gefühl von gerade eben – diese schmerzhafte Trauer. Sie fragte noch einmal, aber in völlig anderem Ton. »Kannst du ... kannst du mir bitte sagen, was los ist?«
Im nächsten Moment war alles anders. Ruhe trat ein. Vollkommene Stille. Der Baum, das Cottage, das Dorf, sogar die Zeit selbst – alles hielt die Luft an.
Immy, die einfach mehr wissen wollte, machte noch einen Schritt nach vorne.
Nur war das für den Baum ein Schritt zu viel.
Ohne jede Warnung schleuderte ihr ein Windstoß das Fenster ins Gesicht, sodass Immy zurückwich, über den Teppich stolperte und mit lautem Gepolter zu Boden fiel.
Sie schrie ängstlich auf, war aber sofort wieder auf den Beinen und öffnete erneut die Fensterflügel. »Ich fürchte mich nicht vor dir«, rief sie ihm zu (natürlich tat sie das, aber das musste der Baum ja nicht wissen). »Du bist widerlich. Widerlich und gemein. Aber ich hab keine Angst vor dir. ICH NICHT! Ich werde an meinem Geburtstag eine Party feiern

und ich werde Lichterketten in deine Zweige hängen. Wart's nur ab.« Sie machte das Fenster wieder zu und verriegelte es sorgfältig.

∞

Es dauerte rund eine halbe Stunde, bis Immys Eltern schließlich an ihre Tür klopften.
»Ich bin auf dem Weg ins Bett«, sagte sie. »Reden wir morgen weiter.«
Draußen machten ihre Eltern einen schwachen Versuch, das Gespräch doch jetzt gleich fortzusetzen.
»Ich denke, wir sind alle müde«, sagte ihr Vater schließlich zu Immys Mutter. »Lasst uns das morgen früh besprechen.«
Etwa nach einer Minute hörte man die beiden wieder nach unten gehen.
Immy knipste die Nachttischlampe aus, zog sich das Kissen über den Kopf und zwang sich zum Einschlafen.

Besucher und Besuche

Am nächsten Tag wurden in der Garten-AG Rote Beete, Zwiebeln und Erbsen geerntet. Außerdem hatte Mrs. Garland aus dem Garten ihrer Mutter kleine, späte Holunderblüten mitgebracht, von denen sich jeder etwas mit nach Hause nehmen durfte. Dazu verteilte sie auch ein Rezept für Holunderküchlein.
»Das war auch in dem Kuchen, den Ihre Mutter gebacken hat, oder?«, fragte Immy. »Also Holunderblüten.«
»Ach, hat sie den mit dem Sirup für euch gemacht? Das ist mein absoluter Lieblingskuchen. Und du hast recht. In dem Sirup sind Holunderblüten.«
Ein paar Kinder sahen wohl recht verwirrt drein, denn Mrs. Garland schob gleich eine Erklärung hinterher. »Meine Mutter wohnt direkt hinter Immy. Es gibt dort sogar ein Gatter, das die beiden Gärten verbindet. Sie haben gemeinsam eine Igelfamilie gepflegt, nachdem einer von ihnen verletzt wurde.«
»Echt jetzt?«, fragte Riley.

Immy nickte. »Die sind total süß. Es gibt drei Junge – oder besser Babys – und ihre Mutter. Sie ist die, die verletzt wurde. Aber es geht ihr schon wieder besser.«
»Ich hab noch nie 'nen Igel von Nahem gesehen.«
»Du kannst gern kommen und sie dir ansehen«, bot Immy an. Sie warf einen Blick auf den Rest der Gruppe. »Ihr könnt alle kommen. Von der Zeit her würde das passen. Wir haben die Igel bis morgen Abend bei uns, weil Jean – also die Mutter von Mrs. Garland – nach London zu einer Freundin gefahren ist.« Als Jean Immys Vater gefragt hatte, ob er auf die Igel aufpassen könne, war er darüber nicht sehr erfreut gewesen. Man merkte ihm an, dass er sich immer noch schuldig fühlte und nicht recht wusste, ob er das wirklich schaffen würde.
Ein paar der Kinder sahen so aus, als würden sie zwar gern die Igel sehen, sich aber nicht ins Lavendel-Cottage trauen.
»Habt ihr echt Igelbabys?«, fragte Erin.
»Yep. Drei Wochen alt«, sagte Immy.
Mrs. Garland lächelte. »Die sind sicher wahnsinnig süß.«
»Ich komme.« Riley grinste und sah den Rest der Gruppe an, als wisse er genau, warum das außer ihm keiner machen würde. »Gleich auf dem Heimweg, wenn's okay ist.«
»Also, ich muss ohnehin bei meiner Mutter Vogelfutter nachfüllen und würde auch mitkommen, Immy«, schaltete sich Mrs. Garland ein. »Ich konnte sie bisher noch gar nicht in Augenschein nehmen.«
»Na klar«, sagte Immy. »Und du, Erin?« Sie sah aus, als würde sie gern auch mit.

Erin zögerte. »Ähm … wohl eher doch nicht.«
Immy zuckte mit den Schultern.
»Na, dann wollen wir mal aufräumen und uns auf den Weg machen«, meinte Mrs. Garland zur Gruppe. »Ich für meinen Teil möchte wahnsinnig gern ein Igelbaby in der Hand halten.«

Mrs. Garland, Riley und Immy gingen den kurzen Weg zum Cottage gemeinsam. Immy ließ ihre Gäste durch das Gartentor eintreten und führte sie am Haus vorbei in den hinteren Garten.
Immy sah drohend am Baum hinauf, als wolle sie ihn zu gutem Verhalten ermahnen.
»Wow, das ist also der Baum, hm?« Riley blieb neben ihr stehen.
»Nein, der dort drüben ist es.« Immy zeigte auf den kümmerlichen Apfelbaum am Ende des Gartens, der immer noch nach Fluchtmöglichkeiten zu suchen schien.
»Sehr witzig«, sagte Riley.
Mrs. Garland war durch den Garten gegangen und stand näher am Maulbeerbaum. »Mutter macht das also immer noch.« Sie deutete auf die weiße Rose, die der Baum aus seinem unteren Knoten gespuckt hatte.
»Guten Tag allerseits.« Immys Vater kam aus der Flügeltür.
»Oh, hallo«, sagte Mrs. Garland. »Wir kennen uns von der Schrebergarten-AG.«

»Ach ja, natürlich! Schön, Sie wiederzusehen, Claire. Auch dich, Riley.« Er nickte Riley zu.
»Ich habe Ihnen gesagt, ich sei von der Schulbücherei, aber gleichzeitig bin ich auch die Tochter von Jean. Hoffentlich stört es Sie nicht, dass wir einfach so hereinplatzen.«
»Riley hat noch nie einen Igel gesehen«, erklärte Immy. »Ich hab gesagt, er soll mitkommen und das nachholen, Dad.«
»Und ich *habe* zwar schon welche gesehen, bin aber ganz verrückt nach kleinen Igelchen«, ergänzte Mrs. Garland.
»Denen kann man auch kaum widerstehen«, sagte Immys Vater. »Na, dann kommt mal rein. Ich habe sie gerade gefüttert, und jetzt toben sie ein bisschen herum.«

»Okay, gebongt«, sagte Riley und stand vom Esstisch auf, der mit Zeitungspapier bedeckt war. Er reichte Immys Vater ein Igeljunges. »Ich brauch einen Igel. Ich brauche ein ganzes Zimmer voller Igel.«
»So eine Art Kugelbad?«, fragte Immy lachend.
»Ganz genau! Auch wenn das ein bisschen pieksen würde«, erwiderte Riley. »Hey, weißt du was? Du solltest sie mit in die Schule nehmen.«
»Ach bitte, Dad, darf ich?« Immy wirbelte herum und sah ihren Vater an, wobei sie für einen Moment vergaß, dass er so etwas ja nicht mehr machte. Der alte Dad hätte angeboten, die Igelbabys samt Mutter vorbeizubringen. Dem alten Dad hätte das Freude gemacht. Er hätte den Kinder erzählt, was die

Tierchen alles benötigten, wie man sich im Garten verhalten muss und ihn igelgerecht gestalten kann …
Sie wünschte sich ihren alten Dad zurück.
Immy sah wieder zum Tisch. Sie würde ihn nichts mehr bitten. Und vielleicht wusste ihr Vater, was sie gerade dachte, denn rasch sagte er: »In Ordnung. Ich denke, das lässt sich machen. Morgen habe ich bislang eh nichts vor.«
Immy konnte es kaum glauben. »Wirklich?« Sie sah zu ihm auf. »Wenn du das machst, kannst du der Klasse erzählen, was Jean uns beigebracht hat. Also, mir.«
»Das wäre wirklich wunderbar«, sagte Mrs. Garland. »Eine ganze Reihe Kinder wollte vorhin mitkommen …«
»Aber sie hatten zu viel Angst«, ergänzte Immys Vater seufzend, denn er verstand sehr wohl, worauf sie abzielte.
Mrs. Garland nickte.
»Also, die Kleinen sind sehr aktiv, wenn sie gefressen haben. Wie wäre es, wenn ich sie gleich nach der Vormittagsfütterung vorbeibringe?«
»Das wäre großartig. Immys Klasse hat nach der großen Pause eine Büchereistunde, also um Viertel vor elf. Wenn Sie da kommen könnten, wäre das perfekt. Ich bereite ein paar Tierbücher vor und mache das Ganze zu einer Biologiestunde.«

Am nächsten Vormittag stürzte Immy ihren Pausentee hinunter und ging dann rasch in die Schulbücherei, um Mrs. Garland bei den Vorbereitungen zu helfen.

»Ist mein Dad schon da?«, fragte sie, als sie Mrs. Garland erblickte, die in einer Ecke Bücher ins Regal stellte.
»Nein, noch nicht.« Mrs. Garland sah auf die Uhr an der Wand. »Hmmm … denkst du, er kommt bald? Ich muss noch die Bücher und Arbeitsblätter auslegen.«
Immy sank das Herz in die Hose. Er müsste längst da sein. Schweigend ging sie zum großen Glasfenster und sah hinaus Richtung Schultor.
»Was ist jetzt, Immy?«
»Er kommt nicht«, sagte Immy. Sie war nicht sauer. Auch nicht schockiert oder überrascht. Sie war nur … längst daran gewöhnt.
Mrs. Garland kam zu ihr. »Denkst du, er hat es vergessen?«
»Nein.« Mehr wollte sie eigentlich nicht sagen, aber sie fand, dass Mrs. Garland sehr ihrer Mutter, also Jean, ähnelte. Nicht nur vom Aussehen her – sie war auch jemand, dem man Dinge anvertrauen konnte. »Er ist nicht … ganz auf der Höhe.« Ihr fehlten irgendwie die Worte.
Mrs. Garland sagte nichts. Stattdessen legte sie Immy die Hand auf die Schulter. »Ach so. Na, dann vielleicht wann anders. Kein Problem, wenn's heute nicht klappt. Ich habe niemand von unserem Plan erzählt.«
Immy widmete ihre Aufmerksamkeit wieder dem Fenster. Und plötzlich sah sie etwas.

Ein echter Neuanfang

»Bin gleich wieder da!«, rief Immy, als sie an Mrs. Garland vorbei aus der Bücherei rannte. Sie flitzte den Gang entlang und hinaus auf den Spielplatz, schoss dann um die Ecke des Gebäudes in Richtung Tor ... und hielt abrupt an.
Caitlyn stand am Tor und sah hinaus – auf Immys Vater. Hinter ihr, etwas näher beim Spielplatz, warteten Zara und Erin. Immy konnte es kaum glauben. Wie war es möglich, dass Caitlyn ihn überhaupt bemerkt hatte? Sie war so wie der Baum – sie schien Dinge einfach zu *wissen*. Als Caitlyn Immys Schritte hörte, drehte sie sich um. Immy war sich sicher, dass sie etwas Gemeines sagen würde.
Und das tat sie auch.
»Da vorne ist dein Dad«, sagte sie. »Gewohnt seltsam.«
Immy schlug das Herz bis zum Hals.
»Was tut er denn überhaupt hier, so mitten am Tag?« Caitlyns Blick wanderte zu den beiden anderen Mädchen. »Unsere Immobilienmaklerin sagt, er ist arbeitslos.«

Immy wurde wütend. Sie lief schnell zum Tor. Caitlyn machte einen Schritt zur Seite, um ihr den Weg zu blockieren.
»Du hast keine Ahnung!« Immy stieß Caitlyn mit dem Ellbogen weg. Dann öffnete sie das Tor. »Du weißt gar nichts über meinen Dad. Er ist netter, als du jemals sein wirst. Er … ist jemand, der sich um Dinge kümmert.«
Sie wartete Caitlyns Antwort nicht ab.
Dazu war sie auch viel zu beschäftigt, denn sie rannte zu der Hecke, die außen am Fußweg entlanglief und unter der die Beine ihres Vaters erkennbar waren.
Als sie dort ankam, blieb sie stehen und warf vorsichtig einen Blick um die Ecke. Und da war er, ihr Dad. Zusammen mit einem Käfig, in dem sich wohl die Igelmutter und ihre Jungen befanden und der am Boden abgestellt war. Es sah aus, als sei ihr Vater auf und ab gegangen, denn momentan bewegte er sich von ihr weg.
Immy trat hinter der Hecke hervor.
»Ich dachte schon, du kommst nicht«, sagte sie.
Ihr Vater zuckte zusammen und drehte sich zu ihr um. »Ich auch«, erwiderte er. »Aber ich wollte kommen. Sehr sogar.«
Einen Moment lang sahen sie sich schweigend an, dann lief Immy los. Sie wich dem Käfig aus und bremste auch dann nicht ab, als sie ihren Vater erreichte. Mit voller Wucht warf sie sich ihm in die Arme.
»Ich weiß«, sagte sie, die Stimme ganz gedämpft von seinem Hemd, das sie mit ihren Tränen nass machte. »Ich weiß, du willst all das machen, was du dann nicht kannst.«

Immys Vater küsste ihren Kopf und musste schniefen, denn auch ihm kamen die Tränen.
Ein zartes Gequieke von unten ließ die beiden auseinandergehen. »Die fühlen sich wohl ausgeschlossen«, sagte Immys Vater und sah auf den Igelkäfig.
Erneut kam ein Quieken, dann wurde geschnüffelt.
»Und das heißt jetzt, dass sie rein wollen«, sagte Immy. »Also komm.« Sie nahm ihren Vater an der Hand. »Ich hab schon auf dich gewartet.«

»Wie schön, Sie zu sehen, Andrew«, sagte Mrs. Garland, als Immy und ihr Vater in die Bücherei kamen. »Danke, dass Sie sich die Mühe machen. Ich hole noch die letzten Bücher und bereite alles vor. In fünf Minuten läutet es.«
»Dort rüber.« Immy zeigte ihrem Vater den Tisch, den Mrs. Garland vorbereitet hatte, und sie gingen hin und stellten den Käfig darauf ab.
Immy öffnete den Käfig und begrüßte die Igelmutter mitsamt ihren Jungen, die herumkrabbelten und dabei eifrig schnüffelten. »Es tut mir leid, Dad«, sagte sie und sah hinauf zu ihm. »Also … alles. Ich weiß, dass du es schwer hast.«
Ihr Vater streckte die Hand aus und strich ihr die Haare nach hinten. »Es war für uns alle schwer. Aber das ist nicht für immer. Versprochen. Ich muss nur wieder auf die Beine kommen. Und ich gebe mir echt Mühe.«
Immy nickte. »Ich weiß. Ich werde mir auch Mühe geben.«

»Danke«, sagte er und gab ihr einen Kuss auf die Stirn. »Hör mal. Ich finde, wir sollten die Igel ganz zu uns nehmen. Du hattest recht. Ich bin für sie verantwortlich.«
»Im Ernst?«
Ein schrilles Quieken kam aus dem Käfig. »Ist da vielleicht noch jemand dieser Meinung?«, fragte er lachend.
Ein winziges Näschen kam durch die Stäbe des Käfigs.
»Diese junge Dame hier …«, sagte Immy. »Sie hat einfach ständig Hunger.«
»Stimmt. Du hättest mal sehen sollen, wie sie heute Morgen gedrängelt hat, als ich mit dem Futter kam. Ich dachte, sie knabbert mir den Finger an, wenn ich mich nicht beeile. Kannst du eigentlich alle voneinander unterscheiden?«
Immy nickte. »Natürlich! Ist ja nicht so schwer.«
»Dann brauche ich das hier wohl nicht, hm?« Immys Vater zog drei Fläschchen Nagellack aus der Tasche.
»Willst du ihnen etwa die Nägel lackieren?«
Er musste grinsen. »Ich dachte, ein bisschen Luxus würde ihnen guttun. Aber im Ernst, Jean hat mir das gegeben. Damit jeder einen Klecks auf den Rücken bekommt. An den unterschiedlichen Farben erkennt man dann, welcher jetzt welcher ist, und kann ihnen Namen geben. Jean scheint irgendwie zu hoffen, dass wir sie nach dem hier bei uns behalten.« Er sah Immy mit großen Augen an. »Jean ist ganz schön schlau.«
»Das stimmt«, musste Immy beipflichten.
»Du kannst ihnen ja jetzt Namen geben. Bevor die anderen kommen.«

Immy beugte sich hinunter zum Käfig, um alle vier Igel auf einmal betrachten zu können. »Hmmm. Okay. Also das andere Mädchen – nicht das gierige – ist am weichsten. Und am süßesten.« Sie dachte kurz nach. »Marshmallow?«
Ihr Vater musste kichern. »Das klingt gut. Und das gierige?«
»Na ja, beim Fressen muss es für sie immer ganz schnell gehen. Speedy?«
»Hm, warum nicht? Und der Junge?«
»Er ist verträumt. Für alles braucht er einen Schubs. Immer hat er den Kopf in den Wolken. Wir wär's mit ›Cloud‹?«
»Marshmallow, Speedy und Cloud. Finde ich gut.« Ihr Vater nickte ausgiebig. »Und die Mutter?«
Immy grinste. »Wie wär's mit ›Lucky‹?«
»Also ›glücklich‹? Dass nichts Schlimmeres passiert ist, meinst du?«
»Oder so ähnlich.«
»Also dann Lucky. Jean hat gesagt, dass sie wohl in ein paar Tagen selbstständig fressen können. Aber je nachdem, wie sich die Mutter erholt, müssen wir sie vielleicht sogar den Winter über behalten. Der Tierarzt bringt morgen einen größeren Spezialkäfig.«
Immy streckte den Finger durch die Gitterstäbe und kitzelte Speedy am Bauch. »Und wir behalten sie wirklich? Bis wir sie freilassen können?«
Ihr Vater nickte.
Immy stand auf und schlang die Arme um ihn, bis die Büchereitür aufging und die anderen Schüler kamen.

Die Schulbücherei

Immys Klasse teilte sich in mehrere Gruppen auf, die nacheinander an den Käfig kamen.
»Es wäre für die Igel nicht gut, wenn jeder sie anfassen würde«, erklärte Mrs. Garland dann den einzelnen Gruppen. »Aber ihr könnt sie euch genau ansehen, und wir alle werden viel über diese Tiere erfahren sowie außerdem den Umgang mit ihnen im eigenen Garten. Ich habe hier auch ein paar Bücher, die ihr ausleihen könnt, und dazu noch diese Infoblätter.«
Immys Vater erzählte der Klasse, wie es zu der Verletzung gekommen war, wie Jean die Igelmutter mitsamt den Jungen zu sich genommen hatte, was die Tiere tagtäglich an Pflege benötigten und dass sie wieder ausgesetzt würden, wenn sie ein entsprechendes Gewicht erreicht hätten und es von der Jahreszeit her passte. Außerdem erklärte er, wie jeder seinen Garten igelfreundlich machen könne und dass Schuppen, Hecken und Brennholz unbedingt nach Igeln abgesucht werden müssten, bevor man in irgendeiner Form Feuer machte.

Stolzer hätte Immy gar nicht auf ihn sein können. Es war wirklich, als sei ihr alter Dad wieder da, wenngleich sie natürlich wusste, dass sie sich nicht zu früh freuen durfte. Allein schon in die Schule zu kommen, war schwer für ihn gewesen. So schwer, dass er es fast nicht geschafft hatte. Er hatte erst hereinkommen können, nachdem sie rausgegangen war und ihn auf halber Strecke abgeholt hatte. Immy musste an Jean denken und ihren Rat, das Herz ihres Vaters ganz vorsichtig zu halten, nur fand sie, dass die Situation eine andere war. Ihr Vater war am Balancieren – er balancierte über einen Baumstamm und versuchte mit ausgestreckten Armen, das Gleichgewicht zu halten. Sie musste ihn an der Hand nehmen und ihm auf die andere Seite helfen. Wie sie jedoch aus Erfahrung wusste, brauchte man beim Balancieren über einen Baumstamm diese Hand in der Regel gar nicht. Es genügte zu wissen, dass sie da war. Für den Notfall.

Als die Stunde fast vorbei war und die Kinder sich die bereitgelegten Bücher ansahen, stand nur noch Erin beim Käfig.

»Musste die Wunde der Igelmutter genäht werden?«, fragte sie Immys Vater.

Er nickte. »Ja.«

Erin beugte sich erneut über die Igelbabys. »Das will ich auch machen, wenn ich mit der Schule fertig bin«, sagte sie. »Ich möchte Ärztin für Kleintiere werden.«

Caitlyn saß an einem Tisch in der Nähe und hatte ein Infoblatt in der Hand, das sie aber offenbar nicht las. »Dazu muss man gut in Bio sein. Bescheid wissen über Anbau und

Aufzucht und so. Warum gehst du nicht in die Schrebergarten-AG?«

Die drei Mädchen warfen sich reihum die unterschiedlichsten Blicke zu. Offensichtlich wusste Caitlyn, dass Erin die AG längst besuchte. Immy zuckte mit den Schultern, um Erin zu zeigen, dass sie das nicht von ihr hatte. Damit wollte sie die Sache eigentlich auf sich beruhen lassen, doch sie merkte, dass es ihr mit Caitlyn reichte. Sie hatte einfach keine Lust mehr darauf, blöd angemacht zu werden. Keine Lust mehr auf diese ständigen Launen.

»Du solltest *echt* in die Schrebergarten-AG, Erin«, sagte Immy. »Die ist großartig. Alle dort sind *supernett. Superfreundlich.* Es macht Spaß, in der Sonne zu sein und nette, freundliche Menschen um sich zu haben.«

Immys Vater beobachtete die Mädchen, denn er merkte, dass da etwas im Busch war. »Das finde ich gut. Und man muss wirklich gut in Bio sein, wenn man Tierarzt werden will. Nur ist es leichter, in etwas gut zu werden, wenn man sich dafür interessiert. Stimmt's, Erin?«

Erin nickte.

»Dann lass uns das nicht an die große Glocke hängen, aber ich denke, du könntest vielleicht doch ein oder zwei Igelchen in die Hand nehmen.«

Nach dem Mittagessen ging Immy erneut in die Bücherei und fläzte sich mit dem Buch, das sie schon fast ausgelesen hatte, in einen der Sitzsäcke. Die Stelle, die sie gerade las, war überaus spannend, deshalb sah sie nicht auf, als die Büchereitür geöffnet und wieder geschlossen wurde.

Kurze Zeit später gab es ein lautes Geräusch, als jemand in einen benachbarten Sitzsack plumpste. Auch jetzt sah Immy nicht auf – sie hatte nur noch wenige Seiten zu lesen und wollte unbedingt vor dem Klingeln ans Ende der Geschichte kommen.

Erst als sie fertig war, blickte sie nach links.

Sie traute ihren Augen nicht.

Denn dort, auf dem anderen Sitzsack, saß Erin.

Immy hatte eigentlich noch ein anderes Buch holen wollen, aber jetzt entschied sie sich dagegen. Stattdessen saß sie ganz ruhig da, um Erin nicht durch eine plötzliche Bewegung zu verscheuchen.

Irgendwann sah Erin zu ihr. »Dein Dad ist ja voll nett, oder?«, meinte sie.

Immy wusste nicht, was sie dazu sagen sollte. »Ähm, ja«, antwortete sie dann. »Das ist er wohl.«

Erin wandte sich wieder ihrem Buch zu, deshalb sah auch Immy erneut in ihres und tat, als würde sie lesen.

Tief in der Nacht

»Und damit, liebes Töchterlein, hätten wir die letzte Abendfütterung auch erledigt.« Immys Vater hatte die Hände auf ihren Schultern und schob sie aus dem Wohnzimmer.
»Gute Nacht, Marshmallow, Speedy, Cloud und Lucky«, rief sie im Gehen.
Als sie den oberen Treppenabsatz erreichten, schickte er sie mit einer Handbewegung in ihr Zimmer. »Schlafen wir ein paar Stunden, bis die nächste Fütterung ansteht.«
Immy gähnte und tapste müde in ihr Zimmer.
Der Tag heute war … interessant gewesen. Ihr Vater war in die Schule gekommen, nachdem sie schon jede Hoffnung aufgegeben hatte. Sie konnte endlich einmal Caitlyn die Stirn bieten. Und mittags war Erin bei ihr in der Bücherei gewesen. Veränderung konnte durchaus etwas Gutes sein. Immy ging zum Fenster, entriegelte es und öffnete dann die Flügel.
Vor ihr war der Baum, so mürrisch, trübsinnig und freudlos wie immer.

Sie dachte kurz über ihre Situation nach.

Sie hatte heute ihre Vorgehensweise geändert und dadurch gewonnen.

Vielleicht musste sie ihr Verhalten ja auch bezüglich des Baums ändern?

Immy ging zum Schreibtisch und holte den Stuhl. Sie stellte ihn vor das offene Fenster und saß eine Weile nur so da, der kühlen Abendluft halber mit hochgezogenen Knien. Dabei betrachtete sie aufmerksam den Baum, dessen Äste sich düster und bedrohlich gegen den Himmel abzeichneten.

In der Tat: Eine andere Vorgehensweise hatte heute funktioniert. Bei ihrem Vater. Bei Caitlyn und Erin.

Sie erkannte jetzt, dass die Wut auf ihren Vater die reine Zeitverschwendung war. Sie war so lange so wütend auf ihn gewesen, dass es in ihrem Kopf keinen Platz für ein Verständnis seiner Lage gab – dafür, dass er sehr wohl ihr alter Dad sein *wollte*, aber es einfach nicht *konnte*. Stattdessen hatte sie dauernd versucht, ihn zu allem Möglichen zu zwingen. Was nichts anderes bewirkte, als dass er sich nur noch mieser fühlte. Und sie hatte Bob für dieses neue, von ihm verschuldete Leben gehasst.

Hass und Wut hatten für sie einfach nicht funktioniert. Und war vielleicht genau das der Fehler, den auch das Dorf beim Umgang mit dem Baum machte? Der Hass auf den Baum war offensichtlich – so offensichtlich, dass er die Spuren dieses Hasses auf der Haut trug. Und der Baum erwiderte den Hass. Immy kam es vor, als sei dieser Hass wiederum von

den Dorfbewohnern aufgesogen worden. Als hätte er Bitterkeit in denen erzeugt, die in seiner unmittelbaren Nähe waren – etwa Caitlyn und ihren Eltern. Aber was, wenn … wenn sie alle nicht recht hätten? Was, wenn der Baum gar nicht gefällt oder irgendwie überwunden werden müsste? Was, wenn …
Was, wenn er einfach nur Verständnis bräuchte?
Genau darauf war ihr Vater angewiesen. Vielleicht würde es auch dem Baum helfen, wenn man ihm auf halber Strecke entgegenkam? Vielleicht würde er sie dann in sein Geheimnis einweihen – also ihr erzählen, warum er so böse war. Vielleicht würde sie dann endlich verstehen, was mit den beiden Mädchen geschehen war, und könnte sich im Anschluss so verhalten, dass ihr selbst nichts passierte.
Immy erhob sich und machte das Fenster weiter auf.
»Hallo, Baum«, sagte sie nach kurzer Pause. »Ich denke, wir hatten einen schlechten Start. Ich möchte … na ja, ich möchte, dass wir Freunde sind. Sorry, dass ich dich angeschrien habe. Tut mir echt leid, dass ich so gemein war.«
Genau wie am Abend zuvor wurde es vollkommen still.
Nur jetzt … jetzt fühlte es sich nicht so an, als würde der Baum ihr gleich das Fenster ins Gesicht schleudern. Vielmehr fühlte es sich so an, als würde er tatsächlich zuhören.
Immy räusperte sich. »Ich weiß, du hast auch deine Probleme. So wie wir alle. Aber ich wollte dir sagen, dass ich da bin, wenn du mich brauchst. Dass ich dir mit deinen Problemen helfen kann, wenn du magst.«

Danach blieb es lange ruhig, der Baum vollkommen reglos inmitten tödlicher Stille.

Irgendwann beschloss Immy, es dabei zu belassen. Sie wollte ja nicht, dass der Baum sich zurückzog. Er brauchte Zeit, um über ihr Angebot nachzudenken. Um zu erkennen, dass es ernst gemeint war.

Deshalb ging sie ins Bett.

Und zum ersten Mal ließ sie das Fenster geöffnet.

Ein guter Tag

Freitag war ein guter Tag. Caitlyn fehlte in der Schule, und etwas Besseres hätte Immy gar nicht passieren können. Es war, als sei eine dunkle Wolke über dem Klassenzimmer einfach weggeweht worden. Die anderen Kinder redeten beim Mittagessen mit ihr. Das Schwimmen machte Spaß. Erin kam nach der Garten-AG mit zu ihr nach Hause, und während sie die Igel fütterten, machte Immys Vater auch ihnen einen kleinen Imbiss. Jonathan, der Tierarzt, kam vorbei, um die Igeljungen zu wiegen, und sagte anschließend, sie seien jetzt groß genug, um auch feste Nahrung zu sich zu nehmen. Außerdem sagte er, die Wunde der Igelmutter würde gut verheilen.
Als Erin ging, machte Immy die Tür hinter ihr zu und drehte sich zu ihrem Vater um. »Vielleicht sollten wir die Party doch machen.«
Überrascht zog er die Augenbrauen hoch. »Hmmm … denkst du wirklich, das ist eine gute Idee?«
Immy zuckte mit den Schultern.

»Aber ist es nicht zu spät, um Einladungen zu verschicken? Wir könnten sie natürlich übers Wochenende machen, nur müsstest du sie am Montag in der Schule verteilen – und selbst dann wäre weniger als eine Woche Zeit bis zur Party am Sonntag.«
»Wenn sie kommen möchten, dann kommen sie auch.«
Ihr Vater sah sie einen Moment lang prüfend an. »Bist du sicher, dass du nicht wegfahren willst?«
»Absolut sicher«, sagte Immy schnell. »Ich möchte lieber hierbleiben. Ich möchte ... stark sein.«
»Stark?«
Immy nickte.
»Okay. Ich glaube, wir bekommen das hin. Mit vereinten Kräften. Also dann mal los. Du machst die Gästeliste und ich kümmere mich um das Abendessen.«

Am Samstagvormittag gingen Immy und ihr Vater in ein Schreibwarengeschäft. Nachdem ihre Mutter von der Morgenvisite heimgekommen war, setzten sie sich zu dritt hin und machten die Einladungen für die Party. Am späteren Abend war alles fertig.
»Ich könnte Jean die Einladung ja schon morgen vorbeibringen«, meinte Immy, als sie sich aufs Schlafengehen vorbereiteten.
»Erinnert ihr euch an den Kuchen, den sie für uns gemacht hat?«, sagte Immys Mutter mit der Zahnseide in der Hand.

»Du könntest ihr etwas backen und gemeinsam mit der Einladung überreichen. Das wäre doch eine nette Geste.«
Immy und ihr Vater sahen sich fragend an. Wie sie Jean ja erzählt hatten, waren ihre bisherigen Backversuche nicht von Erfolg gekrönt gewesen. Immer ging etwas daneben. Besonders intensiv erinnerte sich Immy an die Cupcakes, die sie im Backrohr vergessen hatten und die unten ganz schwarz geworden waren. Nur die obere Hälfte war essbar. Na ja, zumindest halbwegs.
Am Sonntag ging Immys Mutter nach dem Frühstück wie üblich ins Krankenhaus zur Visite, während Immy und ihr Vater ein Rezept für Haferkekse mit Rosinen heraussuchten. Sie wurden … ganz okay. Das einzige Problem war, dass ein paar Rosinen, die oben herausstanden, ziemlich angebrannt waren.
»Wir sollten überlegen, ob wir nicht ein Grillkohle-Lokal eröffnen«, sagte ihr Vater mit Blick auf die Kekse. »Damit hätten wir wohl ziemlichen Erfolg.«
Immy sah ebenfalls auf die Kekse. »Soll ich welche mitnehmen?«
»Vielleicht die, die weniger angebrannt sind.«
»Gibt es überhaupt welche?«
»Na ja, so etwa vier. Immerhin.«
Während die Kekse abkühlten, half Immy ihrem Vater mit der Igelfütterung. Dann legte sie ein paar weniger angebrannte Kekse in eine hübsche Dose, suchte Jeans Einladung heraus und sagte ihrem Vater, dass sie kurz rübergehen würde.

Immy klopfte an die Tür des Wintergartens und wartete, bis Jean aufmachte.

»Hallo, Immy!«, sagte Jean, die sich ganz offenbar über den Besuch freute. Sie machte ein Pause und strich sich ihr weißes Haar glatt. »Verzeih, ich sehe schlimm aus. Ich habe mich vorhin an den Haushalt gemacht.«

»Ich wollte nur das hier vorbeibringen, also diese beiden Sachen«, sagte Immy und überreichte die Keksdose mit der Einladung oben drauf.

»Gleich zwei Sachen! Na, so ein Glück! Hör mal, ich wollte mir gerade eine Tasse Tee machen. Warum kommst du nicht kurz rein und leistest mir mit einem heißen Kakao Gesellschaft?«

»Okay«, sagte Immy, obwohl es ihr Bauchschmerzen bereitete, wie Jean auf die Einladung reagieren würde – wie sie es aufnehmen würde, dass eine Gartenparty geplant war und sie nicht wegfahren wollten.

Jean machte den Tee, und Immy half mit, indem sie das Kakaopulver, Zucker und Milch sowie kleine Teller auf den Tisch stellte. Sie setzten sich hin, dann nahm Jean den Deckel von der Keksdose.

»Was haben wir denn da?« Sie nahm sich einen Keks.

»Ist schon in Ordnung, Sie müssen sie nicht wirklich essen«, meinte Immy. »Ich sage Dad einfach, dass sie Ihnen geschmeckt haben.«

Jean musste lachen. »Ihr backt wohl nicht so häufig, hm?«

»Nein. Wir bevorzugen essbare Nahrung.«

Jean biss in den Keks und kaute vorsichtig. »Na, komm schon«,

sagte sie, nachdem sie den Bissen hinuntergeschluckt hatte.
»*So* schlecht sind die gar nicht.«
Immy sah sie fragend an.
»Das meine ich ernst. Beim nächsten Mal stellt ihr die Zeitschaltuhr auf zehn Minuten ein und beobachtet die Kekse ab da. Jeder Ofen ist nämlich anders. Habt ihr einen mit eingebautem Thermometer? Das könnte auch helfen.«
»Okay. Danke für den Tipp. Ich schenke Dad eines zu Weihnachten. So etwas braucht er.«
Jean lachte. »Du bist unmöglich. Aber wie geht es ihm? Ich bin froh, dass er die Igel übernommen hat. Richtig froh sogar.«
»Na ja, es geht ein bisschen besser«, sagte Immy leise. »Zumindest besser als vorher.«
»Das freut mich.« Jean lächelte. »Aber jetzt zu meiner zweiten ›Sache‹.« Sie nahm die Einladung und machte sie auf.
Sie fing an zu lesen und zog die Augenbrauen hoch.
Sofort hatte Immy wieder Bauchschmerzen.
Jean ließ die Einladung sinken, wobei das Papier in ihren Händen etwas zitterte. Ihre Blicke trafen sich.
»Ihr geht nicht nach Paris?«, fragte Jean.
»Nein«, sagte Immy. »Mum konnte sich nicht frei nehmen.«
Es war still im Zimmer.
»Ich weiß, dass Sie sich Sorgen machen«, sagte Immy schnell, um die Stille zu beenden. »Also wegen dem, was vielleicht passieren könnte – am Abend vor meinem Geburtstag. Aber es gibt keine Probleme, das werden Sie sehen.«
Jean sah sie prüfend an. »Woher willst du das wissen?«

»Ich … weiß es eben.« Nur dass sie es eben nicht wusste. Ganz und gar nicht. Aber sie wusste, dass es falsch war, einfach wegzufahren. Nur an sich selbst zu denken und daran, dass sie Angst hatte. Sie musste unbedingt wissen, was mit dem Baum los war. Auch das Dorf musste es wissen. Und ganz besonders Jean. »Kommen Sie? Also zu der Party?«

»Nichts würde mich glücklicher machen, als deinen elften Geburtstag mit dir zu feiern, Immy«, meinte Jean ganz bedeutungsvoll.

Immy wusste, was sie meinte. Die Party würde an ihrem Geburtstag sein. Wenn sie, Immy, da dabei war, also bei der Party, wäre alles in Ordnung. Sie wäre nicht entführt worden.

Für einen Moment saßen sie schweigend da, und Immy betrachtete den unberührten Keks auf ihrem Teller.

»Ich muss dir etwas sagen«, meinte Jean schließlich.

Immy sah zu ihr auf. »Was denn?«

Jeans Gesichtsausdruck war vollkommen ernst. »Es geht um Elizabeth. Kurz vor ihrem Verschwinden erzählte sie, sie hätte etwas gesehen. Also im Baum. Mehr sagte sie nicht, und auch als ich nachfragte, wollte sie nicht genauer werden. Sie sagte, es sei völlig albern, da irgendwelche Dinge sehen zu wollen. Sie hätte gar nicht darüber reden sollen. Seither frage ich mich …«

Immy beugte sich vor. »Haben Sie das der Polizei erzählt?«, fragte sie, obwohl sie wusste, dass dem so war. Sie hatte ja gelesen, dass jemand der Polizei gegenüber andeutete, Elizabeth hätte im Baum etwas gesehen – und dieser Jemand war offenbar Jean. Deshalb kam die Polizei ja auch zu dem Schluss, Elizabeth sei aus eigenem Antrieb verschwunden.

»Ja, natürlich. Wobei mir das schnell leid tat, denn daraufhin wurde ja die Suche eingestellt. Sie meinten, sie sei von selbst verschwunden. Und hätte im Baum jemanden gesehen, der zu ihrem Fenster hochkletterte. Jemand, den sie kannte. Und sie dachten, diese Person hätte sie dann zum Weglaufen überredet. Aber ...«

»Aber was?«, drängelte Immy.

»Na ja, ich glaube nicht, dass es ein Mensch war.«

»Was dann?«, fragte Immy mit pochendem Herzen. »Was hat sie denn Ihrer Meinung nach gesehen?«

Jean sah nachdenklich ins Leere. »Ich ... ich weiß es nicht. Vielleicht etwas ... Magisches. Ich weiß, das klingt albern. Aber dass dann über Nacht dieser Knoten auftauchte. Das war alles ziemlich merkwürdig.« Sie legte ihre zittrige Hand an den Halsansatz.

»Elizabeth hat wohl nicht erzählt ... also, sie hat nicht zufällig gesagt, dass sie auch etwas gehört hat, oder?«

Jean zuckte zusammen und sah Immy streng an. »Was willst du damit sagen?«

Immy lehnte sich weit nach hinten. »Ich ... ich weiß nicht. Nur wenn sie etwas gesehen hat, hat sie ja vielleicht auch etwas gehört.«

»Und mehr ist damit nicht gemeint?«

Immy schüttelte den Kopf. Das war keine Lüge. Also nicht wirklich.

Lange, sehr lange ruhte Jeans Blick auf ihr. Erst nach einer gefühlten Ewigkeit sagte sie wieder etwas. »Eines der letzten Dinge, die Elizabeth mir über den Baum erzählte, war, dass sie das Lied gehört hat. Du weißt, welches ich meine – das von dem Baum. Sie meinte, sie hätte es in ihrem Kopf gehört. Also dann, wenn niemand sonst anwesend war. Die Polizisten wussten damit nichts anzufangen, als ich es ihnen erzählte. Als ich dann eines Morgens aufwachte und ebenfalls dieses Lied im Kopf hörte, bekam ich furchtbare Angst. Und dann wurde ich wütend. Ich ging rüber und schrie den Baum an. Ich trat und schlug nach ihm und sagte, ich würde ihn hassen. Ich sagte, ich würde ihn überhaupt nicht mehr beachten – auch keine Dinge in seinen Ästen oder irgendwelche Lieder. Ich sagte, ich würde niemals vergessen, dass er mir meine Freundin weggenommen hat. Ich würde ihm nie verzeihen und jeden Tag kommen und eine Blume für Elizabeth bringen. Die Erinnerung an sie würde für immer wach bleiben. Danach hat er mich merkwürdigerweise nie mehr belästigt. Vielleicht, weil ich so sauer war. Ach, ich weiß einfach nicht, was ich von dem Baum glauben soll. Und zwar seit jeher. Ich weiß einzig und allein, dass er am Verschwinden meiner besten Freundin schuld ist. Er ganz allein. Also bitte, Immy, wenn du *irgendetwas* siehst oder hörst, dann sag es mir. Und sei vor deinem Geburtstag vorsichtig. Es wäre furchtbar, wenn du *auch* verschwinden würdest.«

Besuch am Abend

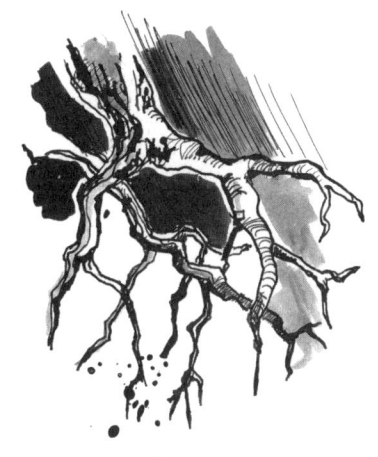

Am Montag verteilte Immy die Einladungen in der Schule. Sie legte auf jeden Platz eine und gab eine auch ihrer Klassenlehrerin. Die für Mrs. Garland behielt sie im Mäppchen und wartete auf die Mittagspause, um sie ihr beim gewohnten Büchereibesuch zu überreichen.

Nur dass dort eine andere Lehrerin war, weil Mrs. Garland heute den Spielplatz beaufsichtigen musste. Als Immy das erfahren hatte, blieb sie an der Büchereitür stehen und überlegte. Raus auf den Spielplatz wollte sie zwar nicht, aber die Einladungen mussten heute verteilt werden. Es blieb ihr also nichts anderes übrig. Und zwar ganz allein. Sie konnte nicht einmal Erin fragen, ob sie mitkommen wolle, denn die war wegen einem Klaviervorspiel heute früher von der Schule abgeholt worden.

Immy stieß die Büchereitür auf, ging das kurze Stück Flur entlang und ließ durch das nächstgelegene Fenster den Blick über den Spielplatz schweifen.

Mrs. Garland stand am Rand des asphaltierten Teils der Anlage.
Und Caitlyn war nirgends zu sehen.
Immy nutzte die Gelegenheit und lief nach draußen.
»Aha«, sagte Mrs. Garland, als sie die Einladung gelesen hatte. »Meine Mutter hat mir von eurem Fest erzählt.«
Immy beobachtete sie genau, um zu erkennen, was in ihrem Kopf vorging.
»Ich komme gern, Immy. Ich geb deiner Mutter Bescheid, dass das klappt.«
»Super!« Immy seufzte erleichtert. Da sie mit Mrs. Garland immer noch nicht über das hatte sprechen können, was sie eigentlich interessierte, ergriff sie die Gelegenheit beim Schopf. »Gibt es … irgendwie noch weitere Informationen zu dem Baum?«, fragte sie. Das, was Jean ihr gesagt hatte, war eher beunruhigend gewesen. Wenn es aber noch etwas gab, das ihr jemand erzählen konnte, dann musste sie das unbedingt erfahren.
Und zwar jetzt.
Mrs. Garland hatte bislang den Spielplatz im Auge gehabt, richtete den Blick aber jetzt auf Immy. »Tut mir leid«, sagte sie schnell, »aber ich hätte mir dir gar nicht über den Baum reden sollen. Das Kollegium hat beschlossen, dass wir die Schüler nicht zu Gesprächen darüber animieren wollen.«
»Oh«, sagte Immy. »Okay.«
Mrs. Garland lächelte. »Aber ich finde es toll, dass ihr eine Party macht. Auf die Art lösen sich diese albernen Gerüchte hoffentlich in Luft auf.« Vom Klettergerüst her erklang ein

Schrei. »Oh je. Ich muss mal rüber und nachsehen, was da los ist. Entschuldige mich, bitte.« Und damit eilte sie weg.

Erst jetzt bemerkte Immy, dass Caitlyn hinter ihr stand. Sie hatte sich heimlich angeschlichen und ihr Gespräch belauscht.

Ohne etwas zu sagen, drehte Immy sich weg und ging in Richtung Bücherei. Caitlyn lief los und schnitt ihr den Weg ab.

»Und jetzt?«, fragte Immy, ihr ganzer Körper angespannt.

Da Caitlyn nicht antwortete, fasste Immy sich endlich ein Herz und sah sie richtig an. Caitlyn schien etwas sagen zu wollen. Sie wollte, fand aber nicht die geeigneten Worte, oder es gab etwas, das sie davon abhielt. Sie sah gar nicht wütend aus, eher verängstigt. Immy fiel noch etwas anderes auf. Caitlyns Augen – sie waren anders als sonst. Sie wirkten heller. Waren sie bisher ganz dunkelbraun gewesen, so sahen sie jetzt definitiv heller aus.

Erneut öffnete Caitlyn den Mund. Sie flüsterte etwas. Immy dachte, sie hätte so etwas gehört wie »Tut mir leid«. Aber das konnte nicht stimmen.

»Was hast du gesagt?«, fragte sie.

Damit war der Bann gebrochen. Caitlyn schüttelte den Kopf. Dann drehte sie sich weg und verließ schnell den Spielplatz.

Immy sah ihr nach. Was war denn jetzt wieder los? Dieser Ort hier. Er war so seltsam. So voller Geheimnisse. Nichts passte zusammen. Nichts ergab einen Sinn. Eigentlich dachte sie, dass sie mittlerweile doch ganz schön viel über den Baum herausgefunden hatte. Über Bridget. Über Elizabeth. Und über

das, was mit ihnen passiert war. Aber jetzt erkannte sie, dass ihr diesbezüglich niemand die Wahrheit sagen konnte.
Weil keiner sie kannte.
Niemand kannte sie.
Niemand außer dem Maulbeerbaum.
Nur der Baum hatte beobachtet, was an den zwei besagten Abenden geschehen war. Nur der Baum kannte die Wahrheit.

Als Immy von der Schule nach Hause kam, ging sie gleich nach hinten zum Baum – und war schockiert über das, was sie sah. Sie hatte ihm die letzten Tage wenig Aufmerksamkeit geschenkt, denn sie war sehr mit ihrer Party beschäftigt gewesen. Jetzt sah sie, dass er sich verändert hatte. Er sah völlig ermattet aus. In sich zusammengefallen und krank. Ohne zu zögern, legte sie beide Hände auf den Baumstamm und sah hinauf in die Trostlosigkeit über sich. Es überraschte sie nicht, dass sie nicht wie ehedem das Brodeln einer Wut spürte. Der Baum sah nicht so aus, als ob er dazu in der Lage wäre. Stattdessen wirkte er müde. Müde, schwach und traurig. Wie immer auch traurig.
Außerdem bemerkte Immy, dass eine von Jeans Rosen in dem Knoten steckte, obwohl es schon Nachmittag war. Dem Baum fehlte offenbar die Kraft, sie wie sonst einfach auszuspucken.
Was war hier los?
Beim Betrachten der Äste musste Immy an das denken, was Jean gesagt hatte. Sie fragte sich, was Elizabeth wohl gesehen

haben könnte. War es vielleicht doch ein Mensch gewesen? Hatte sie jemand zum Weglaufen überredet?
»Was ist mit diesen Mädchen passiert?«, fragte Immy den Baum. »Hast du es gesehen? Weißt du es? Du musst es mir sagen.« Ihr Blick wanderte am Baumstamm entlang nach unten und blieb an den schrecklichen Narben hängen, die sie und ihr Vater vor Kurzem entdeckt hatten. Ob wohl vor ihr schon jemand auf die Idee gekommen war, den Baum zu den Ereignissen zu befragen? Oder waren sie gleich mit Äxten und ihrem Hass angerückt? »Du kannst mir vertrauen«, sagte sie zu dem Baum. »Ich tu dir nicht weh. Versprochen.«
Aber der Baum sah weiterhin nur matt aus und gab keine Antwort.

An diesem Abend war Immys Mutter früh von der Arbeit heimgekommen, deshalb bereiteten sie das Abendessen gemeinsam vor. Immy deckte gerade den Tisch, da klopfte es an der Eingangstür.
Sie ging hin und machte auf.
Beinahe fiel ihr das Besteck aus der Hand, als sie sah, wer da vor ihr stand – Caitlyns Mutter. Immy hatte richtig vermutet, also damals, beim Kauf der Uniformen. Die Frau, die da mit den anderen ratschte, war Caitlyns Mutter gewesen. Sie hatten die gleichen dunklen Haare. Die gleichen dunkelbraunen Augen. Caitlyns Mutter brachte ihre Tochter jeden Tag zur Schule, und Immy tat alles, um ihnen aus dem Weg zu gehen.

»Geh und hol deine Mutter, Imogen«, sagte Caitlyns Mutter mit verschränkten Armen.
Immy drehte sich um und lief in die Küche.
»Wer ist das?«, fragte Immys Mutter, während sie in der Nudelsauce rührte.
»Caitlyns Mutter.«
»Wer?« Ihre Mutter sah zu ihr, denn sie hörte den Unterton in ihrer Stimme.
»Die Mutter von Caitlyn. Der das Cottage hier gehört.«
»Ach so? Was will die denn hier? Von Rechts wegen darf sie das gar nicht …«
Immy war es völlig egal, was jetzt von Rechts wegen ging oder nicht. »Es geht um die Party. Da könnt ich wetten. Caitlyn ist in meiner Klasse, das weißt du doch.«
Endlich verstand ihre Mutter. »Oh …« Sie ging zur Eingangstür und Immy folgte ihr.
»Hallo.« Sie streckte die Hand aus, um die von Caitlyns Mutter zu schütteln. »Katie Watts.«
Caitlyns Mutter hielt die Arme immer noch verschränkt.
Immys Mutter wartete einen Moment und ließ dann ihre Hand mit einem Seufzer sinken. »Was kann ich für Sie tun?«
»Ich hatte gehofft, sie könnten mir das hier erklären.« Caitlyns Mutter hielt die zusammengeknüllte Einladungskarte hoch.
»Na ja, das ist eine Einladung zu unserer Party«, sagte Immys Mutter.
Caitlyns Mutter richtete sich zu voller Größe auf. »Genau. Ich wusste, dass ich das Cottage nicht an Fremde hätte vermieten

dürfen. Seit Sie da sind, haben Sie sich nur über uns lustig gemacht. Finden Sie wirklich, der Baum ist amüsant? Etwas zum Lachen? Etwas, um uns zu ärgern? Zwei Mädchen sind verschwunden. Haben Sie auch nur die geringste Ahnung, was das für unser Dorf bedeutet?«

»Was mit den Mädchen passiert ist, ist ganz furchtbar«, erwiderte Immys Mutter ruhig. »Furchtbar für ihre Familien und furchtbar für das Dorf. Gleichzeitig denke ich, dass dieser Baum einfach ein Baum ist.«

»Sie sollten im Garten keine Party veranstalten!« Sie war wütend, aber in ihrer Stimme schwang auch noch etwas anderes mit. Etwas ... Verzweifeltes. Immy merkte, dass diese Frau Angst hatte.

»Und wenn Sie versuchen, das anders zu sehen? Dass alle einmal zusammenkommen – könnte doch auch heilsam sein.«

»Nein. Nein, das denke ich nicht.«

»Immy ist mit den anderen Mädchen gar nicht verwandt! Ich weiß, dass dieser ... Fluch seit Generationen auf Ihrem Dorf lastet, aber vielleicht lassen Sie trotzdem kurz den Gedanken zu, dass da womöglich gar nichts dran ist. Ich zumindest hoffe, dass die Party all diese Gerüchte verstummen lässt. Für das Dorf wäre das sicher gut.«

»Sie verhöhnen uns! Wissen Sie, wie sehr das meine Tochter mitnimmt? Sie benimmt sich total merkwürdig. In den letzten Tagen steht sie vollkommen neben sich. Irgendetwas stimmt nicht mit ihr.«

Immy runzelte die Stirn. Caitlyn war von der Schule weggeblieben und hatte sich dann auf dem Spielplatz wirklich komisch verhalten. Sie musste an ihre jetzt viel helleren Augen denken. Daran, dass sie kaum herausbrachte, was sie sagen wollte. Und kam es ihr nur so vor, oder sah auch Caitlyns Mutter ein bisschen verändert aus?

»Es tut mir leid, dass Sie so denken«, erwiderte Immys Mutter. »Wenn Sie es sich anders überlegen, sind Sie jedenfalls trotzdem herzlich eingeladen.«

Caitlyns Mutter schob das Kinn nach vorne. »Wir werden unsere Meinung nicht ändern und sicher nicht kommen. Und falls Ihnen das bisher entgangen ist – die anderen auch nicht.«

»Na ja, eine ganze Reihe von Gästen hat bereits zugesagt. Und wenn *Sie* nicht kommen, gibt es eben umso mehr Kuchen für den Rest. Also dann, gute Nacht!« Und damit machte Immys Mutter ihr die Tür vor der Nase zu. »Das nenne ich mal übellaunig. Vermutlich hat sie zu lange mit dem Baum zusammengelebt. Bei dieser ganzen Familie ist das Herz schwarz geworden!«

Wie interessant, dachte Immy. Das war ja auch ihre Vermutung. »Wer hat denn gesagt, dass er kommt?«, fragte sie.

»Na ja, Jean und ihre Tochter. Außerdem Riley mit seinen Eltern.«

»Und wer noch?«

Ihre Mutter sah bedröppelt aus. »Das war's erst mal. Ich hoffe, du hast Lust auf Kuchen.«

Veränderungen

Am Dienstag gab es beim Schulmittagessen nur ein einziges Thema – die Party. Nicht nur die Kinder aus Immys Klasse, auch alle anderen redeten darüber. Etliche davon warfen Immy komische Blicke zu, und Immy achtete darauf, dass sie und Caitlyn sich nicht über den Weg liefen. Während Immy ihr Mittagessen hinunterschlang, fragte sie sich, was wohl in den kommenden vier Tagen passieren würde. Würde jemand etwas zu ihnen sagen? Würden die eingeladenen Gäste wirklich kommen? Oder würden sie doch eher wegbleiben?
Sie war fast mit dem Essen fertig, als Erin mit ihrem Tablett ankam und sich neben sie setzte.
»Oh«, sagte Immy ganz überrascht. »Hallo.« Und sie war *wirklich* überrascht. Denn obwohl Erin jeden Tag in die Bücherei gekommen war, hatte sie sich beim Essen noch nie neben sie gesetzt. Immy hatte sie nie darauf angesprochen, denn sie kannte ja den Grund dafür – Erin fürchtete sich vor dem, was Caitlyn sagen würde. Oder tun.

»Gehst du nachher in die Bücherei?«, fragte Erin nach einer Weile.

Klar würde sie gehen. Wo sollte sie denn sonst hin? »Ja«, sagte Immy. »Und du?«

»Warum nicht?«, erwiderte Erin.

Immy fielen tausend Gründe ein, warum nicht, aber sie nannte jetzt keinen davon.

Immy und Erin fläzten beide in ihren gewohnten Sitzsäcken und lasen, als Immy klar wurde, dass sie es geschafft hatte. Erin hatte Position bezogen. Sie war nicht heimlich hier bei ihr in der Bücherei. Sie hatte auch mit ihr zusammen gegessen.

Damit waren sie auch nach außen hin Freundinnen.

Immys Kopf fand das großartig. Ihr Magen war sich da aber nicht so sicher. Er rumorte leicht, denn er wusste, dass jetzt Streit mit Caitlyn drohte.

Die beiden Mädchen waren noch nicht lange in der Bücherei, als die Tür aufging und Immy aufblickte.

Es war Caitlyn.

Ohne den Blick von ihr zu wenden, richtete sich Immy in ihrem Sitzsack auf. Ihr war sofort die Begegnung auf dem Spielplatz eingefallen. Und der Besuch ihrer Mutter. Caitlyn war tatsächlich irgendwie … verändert. Das spürte sie sofort. Und es war nicht nur ihr Aussehen. Auch ihre ganze Haltung war anders. Wie sie sanft die Tür hinter sich zumachte. Wie sie unsicher in der Bücherei umherblickte. Die Caitlyn von früher wäre hereingestürmt wie eine wilde Hornisse. Hätte verlangt, dass Erin mit ihr rausging. Hätte wegen ihrer Ankündigung, zur Party zu kommen, nur Hohn und Spott über sie gegossen.

Immy erhob sich aus dem Sitzsack. Und obwohl ihr das jeder Knochen in ihrem Körper ausreden wollte, ging sie zu Caitlyn.

Sie sah ihr in die Augen.

Und konnte kaum glauben, was sie dort erblickte.

Caitlyns Augen – sie waren *noch* heller als zuvor. Und ihr dunkles Haar. Das war ebenfalls heller. Es hatte jetzt einen rötlichen Schimmer.

Diese Veränderungen – Immy lief ein Schauer über den Rücken.

Die beiden Mädchen sahen sich an. Immy musste dabei an den Baum denken. Daran, wie er immer mehr verwelkte. Wie krank und matt er aussah.

»Mir geht's nicht gut«, sagte Caitlyn. »Ich fühl mich irgendwie komisch.«

Mrs. Garland musste sie beobachtet haben, denn sie kam jetzt zu ihnen herüber. »Alles in Ordnung, Caitlyn? Geht es einigermaßen?«, fragte sie. »Oder soll ich nicht doch besser deine Eltern anrufen?«

Bevor Immy auch nur Piep sagen konnte, hatte Mrs. Garland Caitlyn aus der Bücherei gelotst.

Immy ging wieder zu ihrem Sitzsack und zu Erin, die neugierig zugesehen hatte.

»Caitlyn verhält sich echt komisch. Es ist fast, als sei sie ein anderer Mensch. Um was ging's denn gerade?«
Immy sah immer noch auf die Stelle, an der Caitlyn soeben gestanden hatte. »Ich habe keine Ahnung«, sagte sie. Aber irgendwie hatte sie das Gefühl, dass sie das bald erfahren würde.

Caitlyn fehlte auch am nächsten Tag in der Schule. Mrs. Garland sagte zu Immy, sie hätte einen Infekt.
Immy wusste nicht, was sie jetzt glauben sollte.
Als sie am Mittwochnachmittag von der Schrebergarten-AG heimging, fand sie zu ihrer Überraschung im Garten ihren Vater vor, der unter dem nach wie vor krank wirkenden Maulbeerbaum einen großen Holztisch und acht Stühle saubermachte.
»Wo kommt das denn her?«, fragte sie.
»Vom schwarzen Brett im Supermarkt«, sagte er. »Jemand wollte die Garnitur verkaufen und ich dachte, die könnte für die Party gut sein. Die Leute hatten sogar einen Anhänger und haben alles hergebracht. Und was denkst du, wird eine Party den Baum vielleicht aufmuntern? Er sieht aus, als könnte er so etwas gut gebrauchen.«
Die beiden drehten sich zum Baum und betrachteten ihn.
»Aber vielleicht steht er nicht so auf Partys«, fuhr ihr Vater fort.
»Kann gut sein.« Wenn sie doch nur diesen Baum besser verstehen würde.

»Okay, aber das war nicht meine einzige gute Idee. Schau mal …« Er deutete mit einem Nicken in den hinteren Gartenteil, und Immy erblickte das hölzerne Laufgitter, das bisher im Schuppen war und jetzt auf dem Rasen stand.
Immy ging hin, um sich die Sache genauer anzusehen. »Oh, wow, das wird ihnen gefallen!«, sagte sie, als sie verstand, was ihr Vater da gemacht hatte. Um die untere Hälfte war eine dicke, durchsichtige Plastikfolie gespannt, und die kleinen Igel, die wohl gerade die Fütterung hinter sich hatten, wuselten eifrig in ihrem Laufstall herum, während ihre Mutter den Tag verschlief.
»Sie fühlen sich wohl.«
Immy lächelte und tat so, als würde sie den Igeln zusehen, wobei sie in Wahrheit aus dem Augenwinkel ihren Vater betrachtete.
Ihr fiel ein, dass sie schon lange nicht mehr überprüft hatte, ob er seine Tabletten nahm.

Immy sieht etwas

Am Donnerstagnachmittag war es außergewöhnlich heiß, deshalb saßen Immy und Erin draußen am Gartentisch. Wenngleich sie eigentlich die Hausaufgaben machen sollten, knabberten sie doch in erster Linie Kekse (zum Glück nicht welche, die ihr Vater gebacken hatte). Immy war überrascht gewesen, als Erins Mutter sagte, sie könnten ruhig gemeinsam zu ihr gehen. Aber auf dem Heimweg zog Erin sie ins Vertrauen. Sie sagte, ihre Mum hätte Caitlyn und deren Mutter noch nie so recht leiden können und sei deshalb froh, dass Erin jetzt mit jemand anders befreundet war.

Caitlyn hatte erneut gefehlt, was Immy langsam nervös machte. Sie wusste nicht, was sie von all diesen Veränderungen halten sollte – in ihren Augen, ihrer Haarfarbe, ihrem Charakter. Eigentlich wollte sie gern nach Caitlyn sehen, aber sie traute sich nicht. Als sie am Baum hochblickte, fragte sie sich, ob denn für Caitlyn eigentlich noch Gefahr bestand. Aber das ergab keinen Sinn. Es war ja *ihr* Geburtstag, der bevorstand, und

nicht der von Caitlyn. Immy wusste sehr wohl, dass sie sich um sich selbst Sorgen machen musste, aber gleichzeitig sorgte sie sich auch zunehmend um den Baum, und zwar ganz anders als vorher. Er sah nämlich überhaupt nicht gut aus. Er wirkte irgendwie kleiner als bisher. Als würde er sich in sich zusammenrollen und sterben. Während sie darüber nachdachte, blieb ihr Blick an etwas hängen. An etwas, das ganz oben im Baum war, nah bei ihrem Fenster … An etwas Hellem und Glitzerndem, das auf einem der durchhängenden Äste saß.
Sie blinzelte und sah erneut hin. War das die Sonne, die ihr da etwas vorgaukeln wollte? Aber nein, da war wirklich etwas. Etwas, das purpurfarben leuchtete.
Und dann war es auf einmal verschwunden.
Immy stand auf und warf dabei fast ihr Wasserglas um. »Hast du da was gesehen? Also dort oben. Im Baum.«
Erin sah hinauf. »Nein. Was war es denn?«
Immys suchte erneut die Stelle ab. »Es war rötlich und hat irgendwie geleuchtet.«
Erin sah wieder den vollkommen kahlen Baum an. »Na ja, was du gesehen hast, waren wohl keine Beeren … Weißt du, dass man sich im Dorf erzählt, der Baum hätte früher unendlich viele Früchte getragen? Genau wie der im Park? Alle sind vorbeigekommen und haben welche gepflückt, um Marmelade und Obstkuchen daraus zu machen. Also vor ein paar hundert Jahren. Bis dann das erste Mädchen verschwand.«
»Das hat die Immobilienmaklerin auch erzählt«, meinte Immy.

Beide Mädchen sahen hinauf in den Baum, wo es weder Blatt noch Blüte gab. Beiden stand der Zweifel ins Gesicht geschrieben.
»Glaubst du, er stirbt?«, fragte Erin.
»Das will ich nicht hoffen«, sagte Immy schnell. Und das meinte sie ernst.
»Vielleicht war es ja ein Vogel?«, meinte Erin, als Immy sich wieder hinsetzte.
»Vielleicht«, erwiderte sie nachdenklich und versuchte dabei, sich das Gesehene noch einmal vorzustellen – das, was da für einen Moment so blaurot geglänzt hatte.
Nur wenn es kein Vogel war, sondern etwas anderes?
Wenn es, wie Jean gemeint hatte, auch kein Mensch war, den Elizabeth da zu sehen bekam. Kein Mensch und kein Tier, sondern etwas …
Magisches?

Den ganzen Abend über ging Immy regelmäßig nach draußen, um das, was sich ihr am Nachmittag gezeigt hatte, vielleicht noch einmal zu sehen.
Aber da war nichts.
»Was um alles in der Welt tust du da eigentlich?«, fragte ihre Mutter, als sie in einer Werbepause beim Fernsehen ungefähr zum dreihundertsten Mal in den Garten lief.
»Ach, ich schau nur …«
»Aber wonach?«

»Ich … dachte, es würde bald regnen.«
Immy setzte sich wieder aufs Sofa, ganz aufrecht und angespannt allerdings. Sollte sie ihren Eltern sagen, was Jean ihr berichtet hatte? Sollte sie erzählen, dass sie etwas gesehen hatte? Sie hatte das Gefühl, das sei keine gute Idee. Es war seltsam, aber sie wusste, dass sich zwischen ihr und dem Baum etwas anbahnte. Eine Art Einverständnis. Aber konnte sie ihm wirklich trauen? Vielleicht spielte er ihr ja etwas vor, um ihr Vertrauen zu gewinnen? Vielleicht war das bei den anderen Mädchen auch so gewesen.
Sie wusste nicht, was sie jetzt tun oder denken sollte.
Kurze Zeit später gingen sie dann nach oben, um sich bettfertig zu machen, und zwischen einer Blitzdusche und dem Zähneputzen sah Immy weitere dreihundert Mal aus dem Fenster.
Immer noch nichts.
Nachdem ihr Vater die Igel gefüttert hatte, kamen beide Eltern kurz herein und sagten ihr Gute Nacht. Immy versuchte zu schlafen, doch als ihr das nicht gelang, knipste sie das Nachttischlämpchen wieder an und las ein bisschen, wobei sie immer wieder zum geöffneten Fenster blickte.
Als sie dann das Licht wieder ausmachte, konnte sie immer noch nicht einschlafen. Irgendwann stand sie auf und stellte den Stuhl ans Fenster, wo sie einfach saß, hinausschaute und nachdachte.

Als sie dann durch ein Geräusch aufwachte, versuchte sie benommen, sich an gestern zu erinnern. Zu ihrer Überraschung lag sie im Bett. Dabei hatte sie doch am Fenster gesessen! Sie konnte sich nicht daran erinnern, ins Bett gegangen zu sein, aber so war es wohl gewesen.
Tock, tock.
Da war das Geräusch wieder.
Tock, tock, tock.
Es kam vom offenen Fenster.
Sie schlug die Decke zurück und stand auf.
Vorsichtig ging sie ans Fenster, denn sie konnte sich überhaupt nicht vorstellen, was dort auf sie wartete. Was sie dort sehen würde.
Was der Baum von ihr wollte.
Denn es war der Baum, der bei ihr anklopfte. Nicht etwa der Wind, der die Zweige ans Fenster schlagen ließ, sondern der Baum selbst. Das wusste sie genau.
Erst als sie direkt am Fenster stand, konnte sie es richtig erkennen – also das, was sie gestern Nachmittag kurz erblickt hatte.
Es war eine Beere – eine einzelne Beere schimmerte und glänzte auf einem der kahlen Äste.
Mit dem Wind im Gesicht, der von draußen hereinwehte, stand Immy wie hypnotisiert da.
Sie hatte es schon gestern gewusst. Das war kein Vogel gewesen. Oder vielleicht sonst etwas Alltägliches.
Ganz im Gegenteil.

Denn dies war keine normale Beere – sie strahlte im Mondlicht, als sei sie aus Kristall, und wechselte dabei von Dunkelrot nach Samtviolett sowie allem, was da an Farbtönen dazwischenlag. Etwas Schöneres hatte sie noch nie gesehen. Dieses merkwürdige Ding bettelte sie an, die Hand auszustrecken und es zu berühren. Es zu nehmen. Es zu kosten.

Noch nie war der Wunsch, eine bestimmte Sache zu verzehren, größer gewesen als jetzt.

Ohne groß über mögliche Gefahren nachzudenken, streckte Immy die Hand aus.

Und dann pflückte sie die Maulbeere vom Baum und aß sie.

Elizabeth

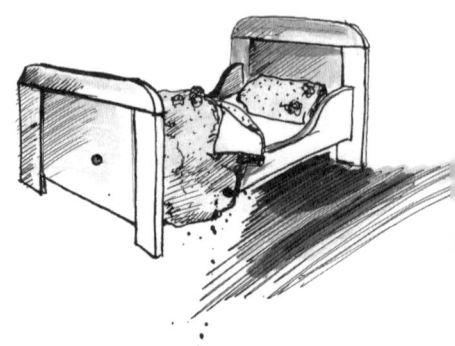

Immy stand am offenen Fenster in der Dunkelheit. Ein Rascheln hinter ihr ließ sie zusammenzucken. Sie wirbelte herum, um zu sehen, was das war. Japsend machte sie einen Schritt nach hinten und suchte Halt am Fensterrahmen, denn sie konnte erkennen, dass jemand in ihrem Bett lag.
Nur …
War es nicht ihr Bett. Sie ließ den Blick durch den düsteren Raum schweifen.
Das war nicht ihr Bett und auch nicht ihr Zimmer. Besser gesagt, es *war* ihr Zimmer, nur sah es anders aus.
Es gab weder Schreibtisch noch Stuhl oder Lampe, und anstelle des großen Wandschranks mit der gläsernen Schiebetür stand da ein viel kleineres Schränkchen aus Holz.
Mit angehaltenem Atem machte Immy einen Schritt auf das Bett zu. Lange schwarze Haare waren auf dem Kissen ausgebreitet. Ein Mädchen. Das Gesicht war nicht zu erkennen.
Tock, tock, tock.

Immys Blick wanderte zurück zum Fenster. Es war dasselbe Geräusch wie vorhin – das Geräusch, das sie geweckt hatte. Auch das Mädchen schien es irgendwie zu hören, denn es wälzte sich im Schlaf.
Tock, tock, tock.
Das Mädchen bewegte sich erneut, drehte sich auf die andere Seite und setzte sich schließlich auf. Es blickte sich im Zimmer um und suchte nach der Geräuschquelle. Immy hielt die Luft an, als der Blick des Mädchens auf sie fiel.
Bis sie merkte, dass es sie gar nicht wahrnahm.
Ohne aufzuschreien oder zu fragen, was Immy hier wollte, glitt sein Blick über sie weg und durch den Rest des Zimmers.
Tock, tock, tock.
Wieder erklang das beharrliche Geräusch, und beide Augenpaare richteten sich schlagartig auf das offene Fenster. Das Mädchen stand auf und ging hin, um hinauszusehen, genau wie Immy das getan hatte, als sie von dem Geräusch aufgewacht war. Immy folgte ihr und betrachtete dabei ihr Gesicht, auf das jetzt das Mondlicht fiel.
Das Erste, was ihr auffiel, waren die Augen des Mädchens.
Jean hatte von einer Person erzählt, die leuchtend grüne Augen hatte. Einer Person, die ebenfalls in diesem Zimmer gewohnt hatte. Immy sah sich die Möbel noch einmal genauer an.
Das Mädchen, das sie da betrachtete, konnte niemand anderes als Elizabeth sein.
Während ihr vor Schreck der Mund offen stand, folgte sie

Elizabeths Blick nach draußen, auch wenn sie sich schon fast denken konnte, was dort zu sehen war.
Und tatsächlich.
Eine Beere. Genau so eine magisch funkelnde Beere, wie sie eine gegessen hatte.
Elizabeth betrachtete die Beere und wirkte dabei genauso verzaubert, wie Immy sich gefühlt hatte. Immys Blick ruhte jedoch auf etwas anderem. Der Baum – er war völlig verändert. Er sah nicht aus wie der, den sie kannte. Nicht nur, dass er nur *einen* Knoten hatte, er war auch viel dunkler. Gemeiner. Viel bedrohlicher. Der Baum, den Immy kannte, war furchteinflößend, aber dieser Baum hier – war so einer, wie man ihn nur im Albtraum sieht. Als er Immy die Beere angeboten hatte, war das mit der Aufforderung verbunden, sie tatsächlich zu nehmen. Aber das hier war anders. Jetzt ließ er die Beere hin und her baumeln. Auf gemeine Art und Weise. Als wisse er ganz genau, dass Elizabeth nicht widerstehen könne, und als würde ihn diese Dummheit köstlich amüsieren.
»Elizabeth!«, rief Immy und versuchte, sie zu packen und zurückzuhalten. »Nein! Mach's nicht ...« Aber ihre Hand glitt durch sie hindurch.
Es war ohnedies zu spät. Elizabeth hatte die Beere bereits gepflückt und in den Mund gesteckt.
Im nächsten Augenblick war sie verschwunden.
Immy sah sich um und merkte, dass das Zimmer immer heller wurde. Erst nach ein paar Sekunden kapierte sie, was

geschah – es wurde so schnell Tag, als hätte jemand die Vorspul-Taste gedrückt.

»He, Baum! Was passiert hier?«, rief Immy.

Aber es kam keine Antwort.

Verschwommen sah sie diverse Leute rasch das Zimmer betreten und wieder verlassen, bis das Gefühl der Benommenheit, das beim angestrengten Zusehen über sie gekommen war, schlagartig nachließ. Jetzt kamen ein Mann und eine Frau herein, und zwar in Normalgeschwindigkeit. Immy vermutete, dass das Elizabeths Onkel und Tante waren – die Leute, bei denen Elizabeth laut Jean gelebt hatte. Sie waren schon älter – die Frau hatte graue Strähnen im Haar, das hinten zu einem Dutt hochgesteckt war, und auf dem Kopf des Mannes bildete sich bereits eine Glatze.

»Ich kann das nicht verstehen.« Die Frau ging zum Bett und strich die Bettdecke glatt. »Wo kann sie nur hin sein? Ich habe bei Jeans Familie nachgefragt. Dort war sie heute nicht. Das alles ergibt überhaupt keinen Sinn.«

Immy konnte sehen, dass die Frau nicht so sehr besorgt als vielmehr verärgert wirkte.

»Ach, die wird schon wieder auftauchen. Wie oft soll ich es noch sagen«, meinte der Mann. Er drehte sich weg und ging achselzuckend aus dem Zimmer. »Vermutlich ist sie irgendwo draußen. Rennt im Nachthemd die Straße rauf und runter«, rief er über die Schulter nach hinten. »Sie ist aufgeregt, mehr nicht.«

Nach ein paar Sekunden folgte ihm die Frau. Immy beschloss,

ebenfalls aus dem Zimmer zu gehen. Sie konnte sehen, dass unten die Eingangstür offen stand, und als sie die Treppe hinunterging, hörte sie Glockengeläut, das wohl von der nahe gelegenen Dorfkirche kam.

Der Mann und die Frau bogen nach rechts in die Küche ab, aber Immy – draußen waren andere Stimmen zu hören – ging durch die Eingangstür hinaus.

Und da blieb sie wie angewurzelt stehen, um aufzunehmen, was sich ihr da präsentierte.

Die sonst so ruhige Straße war abgesperrt und in ein rot-weiß-blaues Meer verwandelt worden – die Farben des Union Jack, der britischen Flagge, die in millionenfacher Ausführung zu sehen war. Der Wind spielte in den Fahnen – großen wie kleinen –, sie hingen aus den Fenstern, steckten an Haustoren und in Hecken und flatterten an Fahnenmasten. In der Mitte der Straße standen Tische mit den unterschiedlichsten Tischtüchern und jeweils verschiedenem Besteck drauf. Und überall – überall! – waren Menschen. Menschen, die lachten, Menschen, die lauthals schrien, Menschen, die tanzten. Es gab Männer in Uniform oder mit Hose, Hemd und hochgekrempelten Ärmeln. Dazu Frauen, die Uniform trugen oder Wollröcke und hübsche Blusen anhatten, die Haare mit perfekt ondulierter Dauerwelle, die Lippen knallrot angemalt. Es gab Mädchen mit Zöpfen und Sommerkleidchen sowie Jungs mit kurzen Hosen, langen Socken und zugeknöpften Hemden, über denen sie Westen trugen. Jeder – ob jung oder alt – hatte einen Partyhut aus Papier auf dem Kopf.

Immy glaubte, ihren Augen nicht zu trauen. Es war ihr immer so vorgekommen, als hätten die Leute hier im Dorf schlechte Laune. Aber diese Menschen hier hatten *alles andere* als schlechte Laune. Um einen der Tische tanzte eine Polonaise, eine andere Gruppe sang lauthals, ein paar ältere Männer saßen am Tisch und hatten Taschentücher auf dem Kopf, um sich vor der Sonne zu schützen. Sie sah sogar einen Mann, der mit einem kleinen Hund tanzte.

Jetzt fiel ihr das Foto ein, das sie an der Wand der Bücherei gesehen hatte. Das hier war der Tag des Kriegsendes – der Tag mit der größten Feier, die Großbritannien je erlebt hatte und wohl auch je erleben würde. Der Krieg war vorbei. Noch etwas anderes fiel ihr ein. Heute war Elizabeths Geburtstag. Jean hatte ihr das erzählt. Elizabeth war am Tag der Befreiung verschwunden, der gleichzeitig auch ihr elfter Geburtstag war. Plötzlich verschwammen die Leute vor ihren Augen und Immy merkte, wie in einem rot-weiß-blauen Wirbel jetzt wieder Zeit verging.

Als das Bild wieder zum Stehen kam, waren die Schatten bereits länger. Nach Immys Einschätzung war es jetzt späterer Nachmittag.

Eine Stimme dröhnte über den Lautsprecher, den man im Fenster eines Hauses aufgestellt hatte. Es klang wie eine Rede, die im Radio übertragen wurde. Offenbar eine, die wichtig war und auf die alle gewartet hatten – vielleicht der Premierminister –, aber als Immy sich umblickte, bemerkte sie, dass kaum jemand zuhörte. Stattdessen standen die Menschen in kleinen Gruppen zusammen und redeten. Und sahen ganz besorgt aus.

Vor dem Eingang zum Lavendel-Cottage standen der Mann und die Frau, die Immy in Elizabeths Zimmer gesehen hatte, und sprachen mit einem Polizisten. Bei ihnen war auch ein blondes Mädchen. Immy lief hin, um vielleicht hören zu können, was sie sagten.

Die Frau sah jetzt viel besorgter aus als vorhin. Nervös verknotete sie die Hände beim Sprechen. »Sie ist verschwunden. Einfach verschwunden! Da stimmt etwas nicht. All ihre Sachen sind noch da. Sogar ihre Kleider. Da ist was faul.«

Der Polizist sah nicht allzu ernst aus. »Diese Evakuierten finden sich oft nicht so recht ein, und das Kriegsende hat womöglich alles wieder hochgewirbelt. So wie ich das sehe, ist sie einfach zurück nach London.«

Der Mann und die Frau sahen sich an, während das Mädchen sie beobachtete. »Nein. Nein, das denke ich nicht«, erwiderte die Frau. »Wir sind für sie keine Fremden. Wir sind miteinander verwandt. Und sie hat sich hier wohlgefühlt. Sie hatte Freundinnen. Ihre Schule. Und nach London würde sie wohl kaum im Nachthemd gehen, oder?«

»Da hast du völlig recht, Liebes«, sagte ihr Gatte.

»Es ist einfach ein aufregender Tag. Ganz viele Kinder werden irgendwie auf den Putz hauen.« Der Polizist lächelte freundlich. »Vor Einbruch der Dunkelheit kommt sie wieder heim, oder sie erhalten von uns einen Anruf. Ganz sicher.«

Während er redete, sah das Mädchen neben ihm immer ver-

ärgerter aus. Erst jetzt, bei genauerem Hinsehen, bemerkte Immy, dass sie dieses Mädchen kannte.
Jean. Es war Jean.
Kaum war der Polizist fertig, meldete sich Jean zu Wort. »Sie sehen das falsch«, sagte sie eindringlich. »Elizabeth würde nicht einfach weglaufen. Sie hat mir alles erzählt. Alles! Und sie hat sich auf heute gefreut. Sie hat nämlich Geburtstag. Ich habe ein Geschenk für sie, und später gibt es dann sogar Kuchen. Sie hat sich unglaublich gefreut!«
»Genau«, sagte Elizabeths Tante. »Wir haben einen Kuchen hinbekommen, trotz der Rationierung. Schon ewig haben wir dafür unseren Zucker aufgespart.«
Ein paar Männer kamen zu ihnen. »Wir schicken ein paar Suchtrupps am Fluss entlang. Nur zur Sicherheit.«
»Ach, danke. Danke vielmals«, sagte Elizabeths Tante zu ihnen, während sie die Hand aufs Herz legte. »Das würde mich wirklich beruhigen. Ich denke immer, sie ist vielleicht gestürzt und hat sich das Bein gebrochen. Oder es ist etwas auf sie draufgefallen und sie ist eingeklemmt. Alles Mögliche könnte passiert sein. Alles! So wie wir heute mit anderen Dingen beschäftigt waren!«
»Du bleibst am besten hier, Liebes«, sagte ihr Mann. »Wenn wir Glück haben, hat sie nur die Zeit vergessen und kommt irgendwann von alleine heim.«
Als die Männer weggingen, verschwamm die Szenerie wieder, und der Tag verwandelte sich in Nacht. Plötzlich stand Immy allein auf der Straße, die jetzt wieder vollkommen ruhig war,

ohne Tische und andere Überreste der Siegesfeier. Nur ein paar Leute standen noch in Grüppchen herum und redeten oder flüsterten.

Ganz offenbar war Elizabeth nicht wieder aufgetaucht.

Und dann fuhr ein markerschütternder Schrei durch die Stille der Nacht.

Alle liefen in die Richtung, aus der er kam – direkt in den hinteren Garten des Lavendel-Cottage.

Immy, die bislang direkt vor dem Haus gestanden hatte, war als Erste dort.

Sie sah als Erste, wer da geschrien hatte.

Es war Jean gewesen.

Jean, die völlig geschockt beim Maulbeerbaum stand und die Hände auf einem frischen Knoten liegen hatte.

»Es ist passiert!«, rief sie. »Es ist tatsächlich ein zweites Mal passiert!«

Alles Gute zum Geburtstag

Immy wachte abrupt auf, ihr Körper war ganz verspannt. Sie holte tief Luft.
Ein Traum. Alles war nur ein Traum gewesen.
Im Mondlicht, das durch das Fenster hereinfiel, hob sie die Hände näher an ihr verschwitztes Gesicht.
Und erstarrte, als sie die Finger ihrer rechten Hand erblickte. Sie waren blau-rot verschmiert.
Ohne den Blick abwenden zu können, starrte sie ewig lang auf die Finger und versuchte, das Gesehene zu verarbeiten. Das, was sie jetzt erfahren hatte.
Blitzartig schlug sie die Decke zurück und sprang aus dem Bett. Voller Wut auf den Baum lief sie zum offenen Fenster.
»Du hast sie verschwinden lassen!«, fauchte sie den Baum an. Eigentlich wollte sie ihn anbrüllen, doch sie hatte Angst, ihre Eltern würden aufwachen. »Du hast es tatsächlich getan. Und Elizabeth hat es gesehen. Also das, was sie Jean erzählt hat. Es war kein Tier und kein Mensch. Du bist es gewesen. Du hast

sie verschwinden lassen! Wie konntest du das tun? Wo ist sie? Wo hast du sie hingebracht?«

Der Baum sackte noch weiter in sich zusammen, als würde er sich schämen.

»Und was war mit Bridget? Ich wette, mit ihr hast du dasselbe gemacht, stimmt's? Zeig es mir! Zeig mir, wie du es gemacht hast!«

Vom Baum kam nichts als Schweigen.

Für die nächste Frage musste Immy ihren ganzen Mut zusammennehmen.

»Und für mich? Was hast du dir für mich ausgedacht?«

Sie wartete.

Aber es kam keine Erklärung.

Ganz erschöpft schlief Immy schließlich in den frühen Morgenstunden ein, obwohl ihr der Kopf raste. Erneut wachte sie abrupt auf, als ihre Eltern nach ihr riefen.

»Immy, komm jetzt! Ich ruf schon zum fünften Mal! Heute ist Freitag. Das Wochenende kommt dann erst!«, rief ihre Mutter von unten.

Sie zog hastig die Schuluniform an, wusch sich das Gesicht und rannte die Treppen hinunter. Ihre Augen waren trocken und juckten, und das Herz war ihr schwer beim Gedanken an die Ereignisse der vergangenen Nacht. Unablässig sah sie auf ihre Finger, die immer noch verschmiert waren, obwohl sie sie im Bad gründlich abgeschrubbt hatte.

Ihre Eltern standen an der offenen Flügeltür und sahen hinaus auf den Baum.
»Was ist los?«, fragte sie schnell und lief zu ihnen.
Ihr Vater warf ihr einen Blick zu, bevor er sich wieder dem Baum zuwandte. »Irgendetwas stimmt nicht mit ihm«, sagte er.
Immy schob sich an den beiden vorbei, um den Baum besser sehen zu können. Zu ihrer Überraschung sah der Baum noch mitgenommener aus als gestern. Er schien jetzt wirklich zu verwelken. Schwächer zu werden. Zu sterben.
»Momentan können wir da nicht groß was sagen.« Immys Mutter zuckte mit den Schultern. »Nach dem ganzen Theater mit den Besitzern. Warten wir bis Montag. Bis nach der Party.«
»Ich denke, wir können warten«, meinte Immys Vater. »Er ist stabil genug. Er wird ja nicht aufs Haus stürzen oder so etwas Ähnliches.«
Immy betrachtete den Baum und hoffte inbrünstig, er könne ihre Gedanken hören. Wie war es nur möglich, dass sie zu ihm gehalten und ihn in Schutz genommen hatte? Dass sie nicht geglaubt hatte, er sei für das Verschwinden von Elizabeth und vermutlich auch Bridget verantwortlich. Doch das war er!
Sie verengte die Augen zu Schlitzen, als sie ihn ansah, denn sie wollte ihm klarmachen, dass sie ein weiteres Opfer nicht zulassen würde.
Sie würde mit Sicherheit nicht das dritte Mädchen sein, und

darüber hinaus würde sie dafür sorgen, dass auch niemand sonst das dritte Mädchen war.

༄

In der Schule fehlte Caitlyn immer noch. Immy beschloss, Erin nach Caitlyns Adresse zu fragen. Sie musste hin und nach ihr sehen. Sie musste an die vielen Veränderungen bei Caitlyn denken. Was, wenn der Baum etwas mit ihr anstellte? Wenn er sich darauf vorbereitete, sie zu holen, obwohl sie gar nicht im Lavendel-Cottage wohnte? Sie musste mit eigenen Augen sehen, was mit Caitlyn los war. Würde sie immer noch verändert aussehen? Hatte sie vielleicht ebenfalls merkwürdige Träume?
Aber Erin brachte Neuigkeiten mit in die Schule – Caitlyns Eltern waren mit ihr weggefahren. Sie hatten das Gefühl, der Baum würde sie zu sehr mitnehmen. Genau wie Immys Party. Deshalb machten sie ein verlängertes Wochenende in Norfolk. Caitlyn würde erst Anfang der Woche wieder da sein.
Im Unterricht konnte Immy sich nicht konzentrieren. Unablässig liefen in ihrem Kopf die Bilder der vergangenen Nacht ab. Sie versuchte verzweifelt, das Geschehene zu verstehen, schaffte es aber nicht. Elizabeth war verschwunden, nachdem sie die Beere gegessen hatte. Hatte Bridget das Gleiche erlebt? Warum war *ihr* das dann nicht widerfahren? Warum hatte der Baum ihr erlaubt, wieder zurückzukehren? Warum sah der Baum so krank aus? Sollte sie Jean erzählen, was passiert war? Je mehr sie über all das nachdachte, desto mehr Fragen

kamen ihr in den Kopf. Dabei wurden sie immer schneller und erzeugten ein wirbelndes Chaos.

Immy schaffte es, sich irgendwie durch den Vormittag zu hangeln, und ging am Nachmittag sogar in die Garten-AG. Eigentlich wollte sie gar nicht hin, aber als sie beim Heimkommen den Baum sah, hatte sie das Gefühl, sofort wieder gehen zu müssen.

Mrs. Garland merkte, dass etwas nicht stimmte. Immy legte beim Ernten der Stangenbohnen gerade eine Pause ein, da kam Mrs. Garland zu ihr und kniete sich neben sie. »Ist alles in Ordnung?«, fragte sie. »Du wirkst heute ein wenig abwesend.«

»Nein, nein. Alles okay«, sagte Immy schnell. »Ich denk nur … an die Party.«

Mrs. Garland nickte verständnisvoll. »Mach dir keine Sorgen. Alles wird gut über die Bühne gehen und das Dorf kann die Sache damit hinter sich lassen.«

Immy war sich da nicht so sicher, aber sie nickte lächelnd und machte sich wieder an die Stangenbohnen.

Beim Heimkommen betrat sie das Cottage durch die vordere Tür, denn sie wollte nicht am Haus vorbei und damit in die Nähe des Baumes. Sie konnte seinen Anblick nicht ertragen. Ganz zu schweigen von seiner Nähe. Stattdessen beschäftigte sie sich im Haus, indem sie Cloud, Marshmallow und Speedy fütterte und ihren Käfig saubermachte. Später, in ihrem Zimmer, ließ sie das Fenster geschlossen und verriegelt, obwohl es ein warmer Abend war.

Das Einschlafen fiel ihr schwer, denn sie fragte sich, ob der Baum sie wohl wieder aufwecken würde. Ob er versuchen würde, sie zu holen. Ob sie es schaffen würde, der Beere zu widerstehen.

Sie hätte sich keine Sorgen machen müssen, denn nichts passierte.

Kein Lied erklang in ihrem Kopf, und kein unheimliches Kratzen kam vom Fenster. Kein Traum.

Im Gegenteil, der Baum war fast schon *zu* leise, während er wartete. Wartete und zusah.

Am Samstagmorgen ging Immys Mutter ins Krankenhaus. Immy und ihr Vater fütterten nach dem Frühstück die Igel und bereiteten sich dann auf ihre Einkaufstour vor. Sie hatten eine lange Liste mit den Dingen erstellt, die sie für die Party brauchten.

Als sie an die Abteilung mit Gartenzubehör kamen, die dem Supermarkt vorgelagert war, blieb Immys Vater nachdenklich stehen.

»Schauen wir doch kurz rein«, sagte er.

Tatsächlich kauften sie einen Topf mit einer seltsamen Masse, die nach Aussage ihres Vaters eine Art Nahrung für den Baum sein sollte. »Ich habe noch nie einen Baum gesehen, der so von Selbstmitleid zerfressen war«, meinte er, als sie an der Kasse standen. »Er sieht wirklich so aus, als würde innerlich etwas an ihm nagen.«

»Vielleicht stimmt das ja auch«, sagte Immy und dachte dabei an die beiden Knoten sowie an Bridget und Elizabeth.
Danach kauften sie die Lebensmittel ein. Erst als sie alles in den Einkaufswagen gepackt hatten und sich an der Kasse anstellten, ging Immy ein Licht auf. Sie legte gerade eine große Flasche Limonade aufs Laufband, da fiel ihr Blick auf ein paar ausgestellte Grußkarten mit der Aufschrift »Alles Gute zum Geburtstag«. Sie ließ fast die Limonade fallen.
Alles Gute zum Geburtstag.
Zu *ihrem* Geburtstag.
Deshalb hatte die Beere sie vergangene Nacht nicht geholt. Bridget und Elizabeth waren am *Vorabend* ihres Geburtstags verschwunden.
Der Baum hatte sie keineswegs verschont.
Er hatte ihr nur gezeigt, was jetzt bevorstand.

Draußen vor dem Fenster

Den ganzen Nachmittag überlegte Immy krampfhaft hin und her, was sie denn jetzt tun sollte. Sollte sie Jean sagen, was sie gesehen hatte? Sollte sie es ihren Eltern sagen? Sollten sie wegfahren, genauso wie Caitlyns Familie? Vielleicht nach Cambridge, in ihr altes Hotel? Wenn sie ihre Eltern darum bitten würde, wäre das sicher möglich.
Aber das wollte sie nicht.
Denn im Grunde ihres Herzens wollte sie die Wahrheit wissen. Sie wollte sehen, ob der Baum ihr mehr zeigen würde. Mehr als je zuvor wollte sie herausfinden, *warum* der Baum so gehandelt hatte. Was, wenn sie Elizabeth irgendwie helfen könnte? Und vielleicht auch Bridget? Und dann gab es noch die seltsame Veränderung in Caitlyns Verhalten. In ihren Augen.
Sie musste da dranbleiben und wusste genau, dass die Erwachsenen um sie herum sie davon abhalten würden, wenn sie ihnen irgendetwas erzählte.
Später saß Immy dann in ihrem Zimmer am Fenster, und ir-

gendwann bemerkte sie, dass sich im Garten etwas bewegte. Sie sah hinunter und erkannte Jean, die ihre gewohnte weiße Rose in den Knoten steckte – in den Knoten, der sich nach Elizabeths Verschwinden gebildet hatte. Als das erledigt war, blickte sie nach oben zu Immys Fenster, als würde sie hoffen, sie zu sehen. Immy winkte ihr zu und deutete mit Handzeichen an, sie würde nach unten kommen. Sie wusste, dass ihre Eltern im Wohnzimmer waren und lasen, deshalb ging sie in normalem Tempo die Treppe hinunter und tat so, als wolle sie in die Küche. Als sie dann außer Sichtweite war, flitzte sie durchs Esszimmer und hinaus aus der Flügeltür.

»Ah«, sagte Jean und ergriff Immys Hand, als sie bei ihr ankam. »Ich hatte gehofft, dich zu treffen.« Erneut sah sie am Baum hinauf. »Was hältst du denn davon? Irgendetwas stimmt doch nicht mit ihm, oder?«

Immy nickte, während Erinnerungen an das Gesehene in ihr aufstiegen. Sie drückte sie wieder nach unten. Das hier musste sie alleine erledigen. »Dad hat eine Art Spezialdünger gekauft, aber ich glaube nicht, dass das etwas hilft.«

Jean nickte. »Merkwürdig, dass das gerade jetzt passiert.«

»Allerdings.«

Jeans Blick wanderte wieder nach unten und richtete sich auf Immy. Einen Moment lang wartete sie. »Ich wollte dir nur sagen, dass ich mich sehr auf die Party morgen freue …« Sie brach ab.

»Und dass Sie Angst haben wegen heute Abend«, ergänzte Immy an ihrer Stelle.

»Na ja, ich würde lügen, wenn ich das Gegenteil behaupten würde. Gut schlafen werde ich sicher nicht.« Sie sah hinauf zu den Ästen über ihnen. »Ich kann einfach nicht aufhören, an Elizabeth zu denken. Was wohl aus ihr geworden wäre? Wie sie wohl aussehen und wo sie jetzt wohnen würde? Wen sie geheiratet hätte und ob es vielleicht Kinder oder sogar Enkel geben würde?«

Immy wusste nicht, was sie dazu sagen sollte.

Jean seufzte. »Vielleicht … vielleicht hat sie das ja alles. Irgendwo. Irgendwie. Das wünsche ich ihr wenigstens. Hoffentlich ist sie glücklich.« Die Hand, mit der sie Immy festhielt, begann zu zittern. »Mein Gott, hierdurch wurde alles wieder hochgewirbelt …«

»Tut mir leid«, sagte Immy und dachte an das, was sie gesehen hatte – die Angst im Gesicht der kleinen Jean, als sie den neu gebildeten Knoten im Baum berührte. Das Entsetzen darüber, dass sie ihre Freundin verloren hatte.

»Aber nicht doch.« Jean schüttelte den Kopf. »Das muss dir nicht leid tun. Es ist so erfrischend, dass du da bist. Und eine nette Party zu deinem elften Geburtstag ist genau das, was wir für einen Neuanfang brauchen. Um das alles ein für allemal hinter uns zu lassen.«

Immy musste schlucken und nickte zaghaft. Gleichzeitig dachte sie, wie schön es doch wäre, wenn ihr Geburtstagswunsch ausnahmsweise schon einen Tag früher in Erfüllung gehen würde.

»Also, jetzt wird's langsam ernst«, sagte Immys Vater, als Immy schließlich im Bett lag und las. Er ging durch ihr Zimmer, schloss das Fenster und zog die Vorhänge zu.
»Bist du sicher, dass du nicht bei uns schlafen willst?«, fragte ihre Mutter, die im Türrahmen lehnte. »Wir könnten deine Matratze auf den Boden legen.«
Immy versuchte, ruhig zu bleiben, obwohl ihr das Herz bis zum Hals schlug. »Seid nicht albern«, sagte sie. »Es ist so, wie wir beim Einzug gesagt haben – ein Baum kann keine Menschen verschwinden lassen. Ich komm schon klar.« Falls ihre Stimme zitterte, fiel es zumindest ihren Eltern nicht auf.
»Na gut«, sagte ihre Mutter. »Lies nicht zu lang, okay? Wir haben morgen viel vor.«
»Okay.«
Ihr Vater stand vor ihrem Bett. »Wir haben alles überprüft – Türen und Fenster sind fest verriegelt. Wir sind in Sicherheit. Also, ab in die Heia, und keine Angst vor dem Schwarzen Mann – oder dem Baum.« Er beugte sich zu ihr und gab ihr einen Kuss auf die Stirn. »Gute Nacht, mein Schatz. Ich hab dich lieb.«
»Ich dich auch, Dad«, sagte Immy, deren Herz noch schneller schlug als vorher.
Was würde jetzt passieren? Sah sie ihre Eltern womöglich zum letzten Mal? »Euch beide«, schob sie schnell nach, denn vielleicht war das ja wirklich so.
Ihre Mutter kam zu ihr und küsste sie ebenfalls. »Gute Nacht, mein wunderbares Mädchen.«

Als sie rausgingen, musste Immy sich abwenden, damit die Tränen, die ihr in die Augen stiegen, nicht tatsächlich herausschossen.

∽

Tock, tock.
Tock, tock, tock.
Nachdem Immy das Licht ausgemacht hatte, schlief sie ziemlich unruhig – es dauerte also nur Sekunden, bis sie sich hellwach aufsetzte.
Erschrocken sah sie, dass die Vorhänge sich aufbauschten und das Fenster geöffnet war, obwohl ihr Vater es doch zugemacht und auch noch sorgfältig verriegelt hatte.
Sie warf die Decke zurück und ging ans Fenster, den Blick fest auf den Baum gerichtet.
Der Baum, den sie am Nachmittag gesehen hatte, war immerhin bemüht gewesen, seine Äste hochzuhalten. Jetzt sah er noch schwächer aus, als müsse er all seine Kraft zusammennehmen, um ihr das, was sie vor sich sah, hinstrecken zu können ...
Eine weitere purpurne reife und verführerisch glänzende Maulbeere.
Nimm mich, funkelte und strahlte sie im Mondlicht. *Nimm mich und iss mich. Du weißt, dass du es willst. Du weißt, dass du es musst.*
Widerstand war zwecklos.
Sie musste die Beere einfach nehmen.

Und das tat sie auch.

Immys Finger streckten sich aus, pflückten die Beere vom Baum und steckten ihr die glitzernde Frucht in den Mund.

Sofort begann das Zimmer um sie herumzuwirbeln, dann befand sie sich plötzlich im selben Raum, nur dass von draußen die Sonne hereinschien. Und das Zimmer war anders. Es war nicht ihres oder das von Elizabeth. Alles war in weiß gehalten, abgesehen von den dunkelbraunen Fachwerkbalken. Es gab noch weniger Möbel als bei Elizabeth. Nur ein massives Holzbett, das unglaublich klein wirkte. Eine dünne Matratze lag drauf, und über das Leinenbettzeug war eine grobe Wolldecke gebreitet. Außerdem stand da noch eine Holzkommode und ein dazu passender Waschtisch mit hübscher Emailleschüssel und einem Krug obendrauf.

Da niemand zu sehen oder zu hören war, drehte sich Immy wieder zum Fenster.

Und sperrte ihre Augen weit auf.

Denn da war der Baum.

Und hier, in dieser früheren Zeit, war das ein vollkommen anderer Baum.

Ein anderer Baum

Wie Immy überrascht feststellte, war der Maulbeerbaum nicht nur viel kleiner und jünger – es gab auch noch etwas anderes. Sowohl Erin als auch Helen, die Immobilienmaklerin, hatten es erwähnt: Früher einmal trug der Baum Früchte. Und nicht nur ein paar, sondern viele. Dieser Baum hier war belaubt, grün und von oben bis unten mit Beeren beladen. So sehr, dass seine Äste aus einem ganz anderen Grund herabhingen als in ihrer Zeit. An jedem einzelnen Zweig hingen pralle Maulbeeren, von zinnoberrot bis dunkelviolett und allem, was da an Farbtönen noch dazwischenlag. Schon von Weitem war zu erkennen, dass sie süß und wohlschmeckend waren und herrliche Kuchen, Marmelade oder Liköre ergeben würden. Der Baum erinnerte Immy an den auf der Dorfwiese, nur dass er noch grüner war und noch mehr Früchte trug.

Im Gegensatz zu dem Baum, den Immy aus ihrem Garten kannte, strahlte dieser hier Glück und Zufriedenheit aus. Die

grünen Blätter bewegten sich im Wind, und er stand aufrecht und stolz neben dem Haus. Er sah aus wie ein Baum, der sich der Liebe eines ganzen Dorfs sicher war – schließlich versorgte er es mit süßen Aufmerksamkeiten.
Beim Gedanken an das Dorf und seine Bewohner wanderte Immys Blick am Baumstamm hinunter. Kein Knoten war zu erkennen.
Dann ließ sie den Blick über den Rest des Gartens schweifen, der ebenfalls anders aussah als jetzt. Zunächst einmal gab es noch einen weiteren Baum. Einen kleineren, viel jüngeren Maulbeerbaum. Der war auch belaubt und grün, trug aber keine Früchte. Immy musste an die Vertiefung im Rasen denken, die ihnen aufgefallen war. Sie befand sich exakt an dieser Stelle – also dort, wo man dieses Bäumchen wohl irgendwann beseitigt hatte, wie von ihrem Vater vermutet.
Rechts neben dem Bäumchen befand sich eine Art Wäscheleine – aber ganz anders, als man sie heute hatte. Sie war lang und zwischen zwei Holzstangen aufgespannt. Ein Laken hing daran und flatterte im Wind, befestigt mit Klammern aus Holz. Ab und zu schlug das Laken gegen den kleinen Baum.
Als Immy das Laken betrachtete, war ihr, als würde es schneller und immer schneller flattern. Die Zeit bewegte sich wieder vorwärts, genau wie bei dem Besuch in Elizabeths Haus.
Die Nacht verwandelte sich in Tag, dann wurde es wieder Nacht und erneut Tag, während ihr der Baum wichtige Ereignisse aus seiner Vergangenheit zeigte. Dann wurde die Zeit wieder langsamer. Jetzt waren Leute im Garten. Immy

erblickte eine Frau im langen, gemusterten Kleid. Eine Haube aus dem gleichen Stoff bedeckte ihr Haar, und um die Schultern trug sie ein Tuch, das ebenfalls aus diesem Stoff war. Neben ihr standen zwei Männer, die weniger fein angezogen waren – mit braunen Hosen und verschwitzt aussehenden Hemden. Offenbar handelte es sich dabei um Arbeiter, denn einer hatte eine Axt in der Hand, der andere eine Schaufel. Gerade wollte die Frau etwas sagen, da kamen Kinder in den Garten gerannt. Ein Junge und ein Mädchen spielten Fangen und kreischten dabei fröhlich herum. Das Mädchen musste sich beim Rennen den Rocksaum hochheben.

»Bridget!«, rief die Frau. »Hört sofort mit diesem Lärm auf!« Immy sah das Mädchen an. Das war also Bridget. Ein hellhäutiges Mädchen mit erdbeerblondem Haar, das süß und unternehmungslustig aussah und seinem kleinen Bruder nachlief, der genau die gleichen Augen, aber dunklere Haare hatte. Er genoss jede Minute des gemeinsamen Spiels.

»Mama! Mama! Schau doch her!« Der Junge kreischte vor Vergnügen, als sie erneut den größeren der beiden Bäume umrundeten.

»Bridget! Wie oft muss ich dich daran erinnern, dass du morgen elf Jahre alt wirst und schon dein *zwölftes Lebensjahr* beginnst?« Seufzend wandte sich die Frau wieder den Arbeitern zu. »Es ist wirklich zum Verzweifeln. Also, das ist der Baum, um den es geht.« Sie deutete auf den kleinen Baum. »Er trägt kaum Beeren und ist nur beim Wäscheaufhängen im Weg.«

»Das heißt, wir fällen ihn, ja?«
Die Frau schüttelte den Kopf. »Auf Wunsch des Pfarrers soll er auf die Dorfwiese. Er glaubt fest daran, dass die Früchte noch kommen. Da er ja von dem größeren hier abstammt, wird er seiner Meinung nach ebenso viele Beeren tragen, wenn er etwas älter ist. Ich für meinen Teil bezweifle das. Aber weil er die Kosten für die Umpflanzung übernimmt, werde ich nicht mit ihm herumstreiten.«
Die beiden Männer sahen sich an, als würden sie den Baum am liebsten einfach fällen, doch sie zogen sich ihre Mützen in die Stirn und machten sich wie gewünscht ans Werk.
»Kommt, Kinder! Rein mit euch. Lasst die Männer hier arbeiten.« Die Frau scheuchte den Jungen und das Mädchen ins Haus, und die Männer gingen zu dem kleinen Baum.
Erneut gab es einen Zeitsprung, und schwupps wurde aus Licht wieder Dunkelheit.
Muss ich dich schon wieder daran erinnern, dass du morgen elf Jahre alt wirst und dein zwölftes Lebensjahr beginnst? Immy dachte noch an die Worte der Frau, als über ihr verschwommen die Sterne sichtbar wurden.
Bridgets Geburtstag rückte immer näher.
Vielleicht war er ja auch gar nicht mehr so weit weg wie gedacht. Denn als Immy sich im Dunkeln vom Fenster abwandte und zum Bett sah, merkte sie, dass sie nicht allein im Zimmer war.
Es war natürlich Bridget, deren erdbeerblondes Haar jetzt offen war und über die Seite des Bettes heraushing. Sie schlief,

genau wie Elizabeth das getan hatte. Genau wie Immy das getan hatte, bis ...

Tock, tock, tock.

Tock, tock.

Bridget drehte sich auf die andere Seite.

Tock, tock, tock. Tock, tock, tock.

Das Klopfen wurde intensiver.

Bridget setzte sich auf und streckte sich gähnend. Sie sah sich im Zimmer um.

Tock, tock, tock, tock, tock, tock, tock.

Der Baum schien sich mit einem Nein nicht zufriedenzugeben.

Mit gerunzelter Stirn schlug Bridget die Wolldecke zurück und stand auf. Sie ging vorsichtig zum Fenster und hielt auf halbem Weg kurz inne. Jetzt, im Mondlicht, das von draußen hereinfiel, konnte Immy erstmals ihr Gesicht richtig erkennen. Beim Betrachten der grünen Augen, die sie stark an Elizabeth erinnerten, fragte sich Immy nach den Verwandtschaftsverhältnissen zwischen der blonden Bridget und der dunkelhaarigen Elizabeth. Nach Bridgets Verschwinden hatte vermutlich der Junge, der mit ihr im Garten gewesen war, das Cottage übernommen. Und ab da war es wohl immer weiter vererbt worden bis zu dem Ehepaar, das dann Elizabeth bei sich aufnahm. Als Nächstes ging das Cottage an einen Neffen über, der niemand geringerer war als Caitlyns Vater. Immy biss sich nervös auf die Lippe, als sie feststellte, wem Caitlyn ähnelte – Bridgets Bruder.

Immy konzentrierte sich erneut auf ihre Umgebung und legte bei Bridgets Anblick die Stirn in Falten. Was war mit ihr los? Sie stand immer noch an der gleichen Stelle und sah aus dem Fenster hinaus, nur hatte sie die Hand auf den Mund gelegt. Schnell blickte auch Immy aus dem Fenster, denn sie war so sehr mit Bridget beschäftigt gewesen, dass sie das bislang versäumt hatte.
Als sie sah, was da draußen war, erstarrte sie vor Schreck.
Es war der Maulbeerbaum – nur hatte er sich innerhalb weniger Stunden vollständig verändert. Sämtliche Beeren und all die vielen Blätter waren zu Boden gefallen, der jetzt ringsumher ganz dunkelrot war und fast schon wie Blut aussah – Blut, das in alle vier Winkel des Gartens reichte. Drohend beugte er sich über das Haus, genau wie er das auch in der Gegenwart tat.
Der vormals so friedliche Baum war auf einmal völlig außer sich. Immy konnte seine Wut spüren, die wie eine elektrische Spannung in der Luft hing. Wie ein stiller Schrei.
Es gab nur einen einzigen lichten Punkt – die verzauberte Beere. Die erste ihrer Art. Ganz verlockend baumelte sie vor Bridgets Fenster, wunderbar anzusehen und sogar noch verführerischer als die Beeren, die ihr nachgefolgt waren. Der Maulbeerbaum wollte unbedingt, dass Bridget diese Beere aß, und zwar sofort.
Bridget sah, was da Merkwürdiges vor ihr war, und musste blinzeln. Dann streckte sie langsam die Hand aus.
»Nein!«, schrie Immy und machte einen Schritt nach vorne,

um sie zurückzuhalten. Doch ihre Hände griffen durch Bridgets Körper hindurch, genau wie das bei Elizabeth der Fall gewesen war. »Nicht essen, Bridget!«, rief sie, obwohl sie wusste, dass das sinnlos war. »Tu's nicht!«

Im nächsten Moment war Bridget verschwunden.

Immy beugte sich aus dem Fenster und blickte nach unten. Die Hand aufs Herz gepresst, wusste sie bereits, was sie dort sehen würde.

Und da, im grellen Mondlicht, war er auch – der erste Knoten im Baum.

Eins, zwei, drei …

Immy dachte eigentlich, sie würde jetzt wieder in ihrem eigenen Zimmer landen.
Nur dass das nicht geschah.
Stattdessen begann sich ihre Umgebung erneut um sie zu drehen. Sie musste sich am Fenstersims festhalten, so schwindlig wurde ihr.
Als die Welt ihre Ordnung wiederfand, blickte Immy zu ihrer Überraschung auf Bridgets Bett. Doch sogleich bemerkte sie auch die Unruhe draußen, und mit der Hand nach wie vor am Fenstersims wandte sie den Blick hinaus.
Der Baum stand immer noch da – düster, erregt und voller Hass. Es regnete stark, und der Himmel war ganz grau. Der Wind fegte durch den Garten, Blätter wirbelten umher, und die Äste des Baums schwankten wild in alle Richtungen.
Durch dieses Chaos bewegte sich ein einzelner Mann. Mit Verlassen des Hauses war er sofort nass bis auf die Haut, und er zog eine lange Axt hinter sich her.

Als er unter dem Baum ankam, schwang einer der Äste nach unten und versetzte ihm einen derben Hieb, doch er ging einfach weiter auf den Baumstamm zu, als hätte er gar nichts bemerkt.
Eigentlich musste ihm klar sein, dass er den Baum allein nicht würde fällen können, aber das schien ihm völlig egal zu sein. Er stellte sich in Position und schlug mit der Axt auf die dicke, knorrige und ganz schwarz gewordene Rinde ein. Wieder und immer wieder, als hätte er den Verstand verloren.
Die Narben am Baum, dachte Immy. Die Male, die sie und ihr Vater entdeckt hatten. *So* waren sie also entstanden.
Der Mann schlug immer noch zu, als seine Hände schon rot und voller Blut waren. Immy brach beim Zusehen fast das Herz, denn sie wusste, dass der Mann nur Bridgets Vater sein konnte, der verzweifelt über das Verschwinden seiner Tochter war.
Schließlich kam eine Frau heraus in den Regen gelaufen – Bridgets Mutter. Ihr folgte Bridgets dunkelhaariger Bruder, der nach den Rockschößen seiner Mutter griff, schweigend, die grünen Augen weit aufgerissen und ganz verängstigt. Die beiden blieben stehen und sahen dem Mann zu, während sie selbst ganz nass wurden. Irgendwann bemerkte er sie. Er sank auf die Knie und ließ die Axt fallen. Mutter und Kind liefen zu ihm, und alle drei umarmten sich da unten im Schlamm.
Und dann begann sich alles wieder zu drehen und Immy musste die Augen schließen.

~

Immy brauchte einen Moment, um sich darüber klarzuwerden, dass sie jetzt wieder in ihrem eigenen Zimmer war. Dort der Schreibtisch. Der Stuhl. Das Bett mit den Metallstäben. Der Einbauschrank mit der Spiegelfront.
Die Hand immer noch am Fenstersims, sah sie hinaus zum Baum.
»Du hast die beiden Mädchen geholt«, sagte sie zu ihm. »Wie konntest du nur? Wie ist dir das gelungen? Was hast du mit ihnen angestellt? Wo sind sie hin?«
Es kam keine Antwort.
Immy schüttelte den Kopf. »Ich kann gar nicht glauben, dass ich dir vertraut habe. Sogar verteidigt habe ich dich. Obwohl du es warst, von Anfang an. Du bist böse! Durch und durch böse!« Während sie ungläubig den Baum ansah, musste sie an das denken, was Jean ihr gesagt hatte – dass der Baum Elizabeth sämtliche Geburtstage gestohlen hätte. Er hatte ihr die Kinder weggenommen, die sie hätte haben können. Die Enkel. Ihr Lebensglück. Jean hatte gehofft, dass Elizabeth noch am Leben sei, also irgendwie und irgendwo. Dass sie all das hätte. Dass sie glücklich sei.
Aber das war sie nicht.
Elizabeth hatte all das nicht. Sie war nicht glücklich. Genauso wenig wie Bridget. Und daran war einzig und allein der Baum schuld. Der entsetzliche, grausame und kränkelnde Baum, der da vor ihr stand. Irgendwo hielt er die Mädchen verborgen. Irgendwo tief in sich drin. Er versteckte sie. Er *bunkerte* sie.

Immys Fingernägel gruben sich noch tiefer in das Holz der Fensterbank. Sie hasste den Baum so sehr, dass sie ihn anspucken wollte. Dass sie überhaupt nicht wusste, was sie sagen sollte. Vergeblich versuchte sie, einen vernünftigen Satz zu bilden, so müde und überwältigt war sie von dem, was sie gesehen hatte. Was sie irgendwann herausbrachte, war ein einziges Wort.

»Warum?«, fragte sie den Baum. »*Warum?*«

Sie wusste nicht recht, ob sie ernsthaft eine Antwort erwartet hatte. Jedenfalls blieb ihr fast das Herz stehen, als der Baum sich tatsächlich langsam zu bewegen begann.

Knackend und ächzend, als hätte er Schmerzen, schob er sich zentimeterweise nach vorne, während er die Äste vom Haus weg und zu der Stelle führte, wo vormals der kleine Baum gestanden hatte. Es sah aus, als würde er diese Stelle umarmen – als sei das Bäumchen immer noch da. Oder als würde er sich genau das wünschen.

»Wie jetzt? Weil sie deinen Freund weggenommen haben?«, fragte Immy mit gerunzelter Stirn. »Nur deshalb? Das ist der einzige Grund?«

Der Baum umarmte die Stelle fester.

Immy sah ihm kopfschüttelnd zu. Irgendwie erinnerte sie die Geste an den Moment, in dem Bridgets Familie sich in den Armen gelegen hatte, und erneut runzelte sie die Stirn. Ihr fiel ein, was Bridgets Mutter gesagt hatte, als sie sie zum ersten Mal im Garten sah. Etwas über den kleinen Baum …

Sie schrie auf, denn plötzlich verstand sie.

»Sie haben deine *Tochter* weggenommen.« Immy fasste sich vor Schreck an den Hals.
Der Baum machte eine Bewegung, als würde er tatsächlich nicken.
»Der kleine Baum – das war deine Tochter, und sie haben sie an Bridgets elftem Geburtstag weggenommen. Und deshalb … hast du ihre Töchter geholt. Zuerst Bridget. Dann Elizabeth und …« Sie brach ab und schloss die Augen, als in ihrem Kopf erneut das furchtbare Lied einsetzte:

Am Maulbeerbaum geh nur behutsam vorbei,
sonst holt er die Töchter sich,
eins,
zwei,
drei,
im Dunkeln und heimlich – spurlos sogar,
erleben sie nie ihr zwölftes Jahr.

»Auge um Auge … und Tochter um Tochter«, sagte Immy vor sich hin und machte die Augen wieder auf. »Du armer, armer Baum«, seufzte sie. Die Tränen liefen ihr über die Wangen, denn jetzt verstand sie, wie entsetzlich das alles war. Sie streckte die Hand aus und ergriff ohne zu zögern einen Ast – die Verzweiflung des Baums war bis in seine Rinde zu spüren.
Schließlich zog der Baum sich zurück und brachte knackend und knarrend die Äste wieder in ihre ursprüngliche Position,

wobei er jetzt noch geduckter wirkte als vorher. Immy konnte sehen, dass er nicht mehr lange leben würde. Er würde sich selbst verwelken und absterben lassen.

Jetzt musste sie noch mehr weinen. Wegen Bridget. Wegen Elizabeth. Wegen ihrer Familien. Wegen des Baums.

Wie viel Leid.

Wie viel Schmerz.

Immy ließ den Kopf in die Hände sinken. Bei ihr hatte das, was ihrem Umzug nach England vorausging, viel zu viel Leid und Schmerz erzeugt. Sie wusste nicht, wie viel davon sie wirklich ertragen konnte. Und der Baum – der hatte auch gelitten und Schmerzen gehabt. Viele, viele Jahre lang. Immy machte sich Vorwürfe, dass sie den Baum so leichtfertig gehasst hatte, genau wie alle anderen hier im Dorf. Na ja, vielleicht nicht alle … ihr fiel ein, dass Mrs. Garland gesagt hatte, so etwas wie hundertprozentig gut oder schlecht gäbe es nicht. Und jetzt, da sie auch die Sichtweise des Baums kannte, wusste sie, dass Mrs. Garland recht hatte. Aus Wut über den Verlust seiner Tochter hatte der Baum einfach zurückgeschlagen. Und dann hatte er mehrere Jahrhunderte gebraucht, um zu verstehen, dass das falsch gewesen war.

Das Verhalten des Baums erinnerte Immy an das, was jemand anderes getan hatte – nämlich Bob. Er schlug ja im Grunde auch zurück, indem er die Dinge selbst in die Hand nahm und daraufhin eine Mutter mit einem kleinen Kind ihrer Zukunft beraubte. Genau wie Bridget und Elizabeth ja auch ihrer Zukunft beraubt worden waren.

All das verstand Immy jetzt.

Damals hatte sie das nicht so sehen können, aber jetzt verstand sie es – warum ihr Vater so nett zu Bob gewesen war. Ihr fiel ein, wie er gesagt hatte, Bob hätte sich sein eigenes Gefängnis gebaut. Genau das Gleiche hatte der Baum gemacht. Er war derjenige, dem Unrecht zugefügt wurde, aber vor lauter Hass hatte er sich selbst eingekerkert.

Und plötzlich verstand Immy auch, wie machtlos sich ihr Vater in letzter Zeit gefühlt hatte. Machtlos war sie nämlich selbst in diesem Moment. Zwar kannte sie die Wahrheit, aber alles in Ordnung bringen konnte sie deshalb noch lange nicht. Weder für Bridget, noch für Elizabeth, noch für den Baum. Einfach für niemanden.

Ein Plan

Immy zog den Stuhl vom Schreibtisch ans Fenster und setzte sich mit angezogenen Beinen darauf. Sie sah zu, wie der Baum immer kränker und matter wurde, und fühlte sich dabei vollkommen machtlos.
Sie konnte die beiden Mädchen nicht wieder zum Leben erwecken.
Sie konnte dem Baum nicht helfen.
Erst als es draußen schon dämmerte und sie nachdenklich rüber zur Dorfwiese sah, fügten sich die Teile des Puzzles zusammen.
Ihre Knie sanken nach unten und sie richtete sich im Stuhl auf.
Natürlich!
Nein, weder konnte sie die Vergangenheit verändern noch die Mädchen zum Leben erwecken, aber eine Sache *konnte* sie tun. Einen Akt der Güte. Und damit wäre vielleicht zumindest der Anfang gemacht, um die Dinge wieder in Ordnung zu bringen. Um alle mit der Vergangenheit zu versöhnen.

Immy stand auf, tapste vorsichtig durchs Zimmer und hinaus auf den Gang, von wo aus sie die Treppe hinunterschlich und dabei jede Stelle vermied, die irgendwie knarrte.

Im Wohnzimmer hörte sie die Igel in ihrem Käfig herumrascheln. Aber sie hatte keine Zeit, sie zu begrüßen. Sie ging auf Zehenspitzen durchs Esszimmer zur Kommode und griff nach dem Handy ihres Vaters. Damit setzte sie sich an den Tisch und suchte etwas. Es dauerte nicht lange und sie hatte es gefunden, woraufhin sie das Handy wieder an seinen Platz legte. Nach kurzer Überlegung beschloss sie, nicht durch die Flügeltür hinauszugehen, damit ihre Eltern sie nicht hörten. Stattdessen schlich sie vorne hinaus, ohne die Tür hinter sich zu schließen.

Immy ging ums Haus herum und blieb dabei dicht an der Hecke. Auf halbem Weg zum Schuppen hielt sie an und sah kurz zum Fenster ihrer Eltern. Kein Licht war angegangen. Keiner hatte sie gehört. Sie drehte sich um und sah hinüber zu Jeans Cottage, das aber ebenso ruhig und dunkel war.

So weit, so gut also.

Schnell huschte sie zum Schuppen und öffnete den Verschlag ganz langsam, damit er so wenig wie möglich quietschte. Problemlos fand sie, was sie suchte. Im Schuppen befand sich nichts außer den paar Gartengeräten, und durch das kleine Fenster schien das schwache Licht der Morgendämmerung herein. Ihr Blick fiel auf die Baumschere mit den langen Holzgriffen, die sie vom Tisch nahm, und schnell verließ sie den Schuppen damit.

Sie lief zum vorderen Gartentor und hielt sich dabei so gut es ging im Schatten der Hecke.

Alles war friedlich und ruhig.

Am Tor angekommen, öffnete Immy den Riegel und schloss es wieder hinter sich.

Zur Dorfwiese war es nur ein kurzes Stück. Bevor sie den Baum erreichte, blieb sie stehen und sah wie beim ersten Mal an ihm hinauf – nur dass sie damals noch nicht wusste, was für ein Baum das war.

Wer dieser Baum war.

Der Tochterbaum war jetzt viel, viel größer als das Bäumchen in Bridgets Garten, aber dann doch nichts im Vergleich zu seiner riesigen Mutter.

Das wusste er natürlich nicht mehr. Er war jung gewesen, als man ihn verpflanzt hatte. Und deshalb hatte er sich auch auf sein neues Leben eingelassen. Er war gewachsen. Richtig gediehen. Er hatte seine Früchte großzügig mit dem Dorf geteilt, genau wie seine Mutter das vor langer Zeit getan hatte. Immy machte die letzten Schritte auf ihn zu, um ihn mit ausgestreckter Hand berühren zu können.

»Hallo«, sagte sie und spürte die raue Rinde in der Hand. »Ich weiß nicht, ob du dich daran erinnerst, aber du hast früher woanders gewohnt. Und ich möchte dir nicht wehtun, aber die Sache ist die: Ich *muss* einfach ein bisschen was von dir abschneiden. Denkst du, das geht?«

Der Baum blieb vollkommen ruhig, als würde er sich Immys Vorschlag überlegen.

»Es ist nämlich so …« Sie sah hinauf zu den obersten Zweigen, als wäre dort ein Gesicht zu erkennen. »Ich bringe dich jetzt heim. Heim zu deiner Mutter.«

Mit ihrer Baumschere schnitt Immy ein großes Stück Ast ab, während sie sich gleichzeitig bei dem Baum dafür entschuldigte. Dann lief sie aufgeregt nach Hause, um *ihrem* Baum zu zeigen, was sie da in der Hand hatte.
Aber als sie den Garten erreichte, war der Maulbeerbaum noch weiter in sich zusammengesunken, seiner Last müde. Jetzt ging es um jede Sekunde. Immy lief auf ihn zu.
»Schau mal! Ich hab da was für dich!« Sie hielt den Ast hoch. »Sieh her! Sieh mir zu!« Mit den Füßen tastete sie nach der Unebenheit im Gras.
Und da war sie auch schon.
Sie kniete sich nieder und machte mit der Spitze der Baumschere ein Loch in den Boden. Mit dem Griff schaufelte sie weitere Erde zur Seite. Nach dem, was sie im Internet gelesen hatte, war es ganz einfach. Sie musste nichts weiter tun als …
»Hier!« Sie steckte den Zweig in den Boden und drückte um ihn herum die aufgegrabene Erde fest. Während sie das tat, hatte sie noch eine andere Idee. Sie rappelte sich auf, lief quer durch den Garten, wobei sie fast stolperte, und schleifte dann den Igel-Laufstall zurück an die Stelle. Dort angekommen, hob sie das eine Ende hoch, um den Zweig darin einzuschließen, und zog das Gitter noch ein bisschen weiter, bis sich

der Zweig genau in der Mitte befand. Dann brachte sie die Baumschere wieder in den Schuppen zurück und griff nach der Gießkanne. Etwas Wasser war noch drin, und damit goss sie den frisch gepflanzten Zweig.

Erst jetzt sah sie wieder zu dem Baum, der sich auf wundersame Weise etwas aufgerichtet zu haben schien. »Na los, komm und schau dir das an!« Grinsend winkte Immy ihn zu sich. Sogleich streckten sich über ihr zwei gewaltige Äste aus – zaghaft und etwas unsicher. Fasziniert verfolgte sie, wie es über ihr raschelte und knackte. Träumte sie vielleicht immer noch? Sie konnte es wirklich nicht sagen.

Der Baum beugte sich nach unten, als würde er den Zweig inspizieren. Und dann streckte sich ganz langsam und vorsichtig ein geschwärzter Finger aus und berührte ihn.

Kaum war das geschehen, fuhr ein Ruck durch den Baum – all seine Äste richteten sich auf und wirkten plötzlich äußerst lebendig. Es war, als sei der Baum innerlich aufgewacht. Als gäbe es für ihn ein neues Leben. Einen *Grund* zu leben.

Immy musste lächeln. Das eine wusste sie – wenn das ein Traum war, dann definitiv der beste, den sie je gehabt hatte.

Neue Freunde

»Alles Gute zum Geburtstag, du kleine Schlafmütze.« Immys Vater saß am Rand ihres Betts. »Zeit zum Aufstehen. Es ist schon halb neun!«
Immy öffnete die Augen einen Spaltbreit. Durchs offene Fenster fiel Licht ins Zimmer. Es war Morgen. Der Morgen ihres elften Geburtstags – ihr zwölftes Lebensjahr begann! Sie machte die Augen ganz auf.
»Hey, ich bin noch da!«, sagte sie und stützte sich auf die Ellbogen.
Ihr Vater sah sie verwundert an. »Wo solltest du denn sonst sein?«
Immy runzelte die Stirn. »Na ja, weg eben.«
»Wie weg?«
Sie musste blinzeln. »Weg wie ›verschwunden‹!«
Lachend stand er auf und ging zur Tür. »Ich glaube, du träumst noch. Komm doch runter und mach deine Geschenke auf. Und dann sollten wir uns langsam auf die Party vorbereiten.«

»Okay.« Immy schwang die Beine aus dem Bett und erhob sich gähnend.

Während ihr Vater die Treppe hinunterstapfte, ging sie zum Fenster, um nach dem Maulbeerbaum und seiner Tochter zu sehen. Sie hoffte, der ältere der beiden würde jetzt noch erholter aussehen. Aber als sie das Fenster erreichte, hatte sie einen völlig unerwarteten Anblick vor sich.

»Oh!« Immy stieß das Fenster so weit wie möglich auf und beugte sich hinaus.

Der Baum! Er war wieder so wie früher – grün und belaubt und voll mit Beeren! Aber das war nicht alles, was zu erkennen war. Sie sah ein Mal hin. Zwei Mal. Und es stimmte wirklich – ihre Augen betrogen sie nicht. »Ach, Baum!«, rief sie erleichtert. »Dir geht es wirklich besser!«

Sie wirbelte herum, lief aus dem Zimmer und nahm beim Hinunterrennen immer zwei Stufen auf einmal.

Sie erreichte das Esszimmer und stürmte ohne anzuhalten an ihrer Mutter und ihrem Vater vorbei.

»Ähm, alles Gute auch!«, rief ihre Mutter ihr nach, während sie selbst bereits durch die Flügeltür flitzte.

Immy lief direkt zu dem Baum und hielt erst an, als sie mit beiden Händen seinen Stamm berührte und fühlen konnte, was vom Fenster aus nur zu vermuten war.

Aber es stimmte.

Die Knoten.

Die Knoten waren verschwunden.

Wie in Trance machte Immy die Geschenke auf und aß ihr Frühstück, während sie darüber nachdachte, was da eigentlich vor sich ging. Der Baum war wieder gesund, die Knoten hatten sich in Luft aufgelöst, und ihr Vater wusste nicht, wovon sie sprach, als sie erstaunt feststellte, in der Nacht doch nicht verschwunden zu sein. Immerhin waren ihre Eltern überrascht gewesen, als sie den Zweig mit dem Laufstall drumherum erblickt hatten.

»Was soll das denn sein?«, fragte ihre Mutter.

»Ach, ich dachte, der Maulbeerbaum könnte einen Freund gebrauchen«, sagte Immy, während sie Butter auf ihren Toast schmierte. Sie dachte an das, was sie im Internet gelesen hatte. »Anscheinend tut es ihnen gut, andere Bäume in der Nähe zu haben. Für die Früchte und so.«

Ihr Vater schnaubte. »Na, in Bezug auf Früchte braucht dieser Baum ja wohl kaum Hilfe. Noch mehr Maulbeermarmelade? Wir haben ja auch nur noch zwanzig Gläser übrig. Am besten verschenken wir ein paar.« Er schob ihr ein Einmachglas mit Maulbeermarmelade hin.

Immy sah das Glas ungläubig an.

»Zwanzig Gläser? Und die sind alle von unserem Baum?«

»Sag mal, hast du wirklich unser Einmach-Wochenende verdrängt? Okay, wir haben zwei ganze Tage gebraucht, aber ganz so schlimm war es dann doch nicht, oder?«

»Ich, ähm …« Ein ganzes Wochenende lang hatten sie Marmelade eingemacht? Aus den Maulbeeren dieses Baums?

»Ich weiß, es ist echt erstaunlich, dass wir jetzt doch noch et-

was Essbares hinbekommen haben. Und vielleicht verdränge ich ja ebenfalls langsam Dinge. Hab gar nicht bemerkt, dass du diesen Ast da mitgebracht und eingepflanzt hast.«
»Hmmm …«, sagte Immy. Sie hatte eine Million Fragen, konnte aber nicht anders, als sich den Mund mit Toast vollzustopfen.
Eine bessere Marmelade hatte sie im ganzen Leben noch nicht probiert. Sie war süß und schmeckte einfach köstlich.

Nach dem Frühstück bereiteten sie alles für die Party vor. Die Gäste sollten so ab halb elf kommen – also die zehn, die sich ihres Wissens zurückgemeldet hatten. Erst als der Lieferwagen mit dem Essen eintraf, merkte Immy, dass diese Zahl nicht mehr stimmen konnte. Der Caterer und Immys Eltern trugen endlose Tabletts mit Tramezzini, Mini-Quiches und süßen Scones ins Haus. Immy selbst stand im Flur und staunte.
»Ähm, wie viele kommen denn jetzt eigentlich?«, fragte sie ihren Vater, der ein weiteres Tablett an ihr vorbeibalancierte.
»So an die fünfzig. Aber das weißt du doch! Wir sind doch gestern Abend die Gästeliste durchgegangen.«
Immys Herz schlug schneller. »Äh, öh, stimmt. Klar … hab ich ganz vergessen.«

Alles wurde noch merkwürdiger, als die Gäste dann eintrafen. Immy begriff schnell, dass es nicht mehr nur eine Klasse

ihrer Stufe gab, sondern zwei. Und es gab *viel* mehr Mädchen. Als sie die Eintreffenden inmitten von Wimpeln und Luftschlangen begrüßte, musste sie so tun, als würde sie sie kennen – denn alle kannten ganz offensichtlich *sie*.
Und seltsam, gleich ein paar von ihnen hatten ganz erdbeerblonde Haare.
Eines dieser erdbeerblonden Mädchen kam zu ihr, als sie gerade bei Riley stand. »Alles Gute, Immy«, sagte das Mädchen. »Das hier ist für dich.« Sie überreichte ihr ein Geschenk.
»Danke, ähm … ich meine, ganz herzlichen Dank!«
Aber das Mädchen war schon weitergegangen.
»Wer war das?«, fragte Immy Riley.
Riley sah sie fragend an. »Na, Molly. Sie ist in unserer Klasse. Und in der Garten-AG, das weißt du doch.«
»Ach ja, genau«, erwiderte Immy, als sei es ihr tatsächlich wieder eingefallen.
Aber Riley betrachtete sie immer noch. »Du hast es nicht so mit Namen, richtig?«
Immy nickte. *Speziell nicht bei Leuten, die ich noch nie im Leben gesehen habe*, dachte sie bei sich. Da Riley neben ihr stand, kam sie auf eine Idee. »Hey, weißt du noch, wie wir in diese Bücherei gegangen sind …?«, fragte sie, um ihre Theorie zu überprüfen.
»Was meinst du? Das tun wir doch jede Woche in der Schule.«
»Nein, ich meine die *andere* Bücherei.«
»Welche andere? Wir beide waren nur in der hier.«
Immy überlegte kurz. Sie hatte also recht gehabt. Aber ohne

eine Miene zu verziehen, sagte sie: »Sorry, das war dann wohl jemand anders. Komm, wir holen uns was zu trinken.« Sie zog ihn mit sich.

Als Erin eintraf, sah Immy zu ihrer Erleichterung endlich ein bekanntes Gesicht. Erin kam zu ihr und umarmte sie.

»Alles Gute zum Geburtstag«, sagte sie und gab ihr ein schön eingepacktes Geschenk. »Oh!« Sie sprang beiseite, als von oben eine Maulbeere herabfiel und fast auf ihrem weißen Kleid landete. Sie lachte. »Super Idee, das mit dem lila Kleid, Immy.«

Immy sah an sich hinunter. Das Kleid hatte sie von ihren Eltern zum Geburtstag bekommen. »Hey, das war keine Absicht«, sagte sie zu Erin. Aber vielleicht die ihrer Eltern? Gut möglich. Denn jetzt verstand auch sie, was hier hätte passieren können.

»Hi!« Schon wieder kam jemand angerannt, mit einem Lächeln im Gesicht und einem Geschenk in der Hand. »Alles Gute, Immy!«

Für einen Moment dachte Immy, das sei ein Witz. Zara? Zara war nett zu ihr?

Lange konnte sie über Zaras Verhalten aber nicht nachdenken, denn Immys Mutter kam an und unterbrach die beiden.

»Immy«, sagte sie. »Gerade kommt Jean. Schaust du bitte, dass sie einen Stuhl findet?«

»Na klar«, sagte Immy und überließ Zara und Erin ihrem fröhlichen Geschnatter.

Sie sah rüber zu Jean, die gerade durch das Verbindungsgatter kam, gemeinsam mit einer anderen Dame, die Immy

nicht kannte. Hinter den beiden ging ein Mädchen, das Immy ebenfalls unbekannt vorkam.
»Hi, Jean«, sagte Immy, als sie zu ihr trat.
»Alles Gute zum Geburtstag, Immy«, sagte Jean und übergab ihr ein kleines Geschenk. »Was für ein herrlicher Tag für ein Gartenfest. Hoffentlich ist es in Ordnung, dass ich eine Freundin aus dem Nachbardorf mitgebracht habe – sie hat mich heute Morgen besucht.«
»Logisch«, sagte Immy.
»Das ist Elizabeth.«
Immy zuckte zusammen. Sie sah sich die Frau genauer an. Aber natürlich. Natürlich war das Elizabeth. Mochte sie auch schon etwas älter sein – aber diese leuchtend grünen Augen! Die waren genau gleich! Schon beim ersten Hinsehen hätte ihr das klar sein müssen.
»Hallo, Immy«, sagte Elizabeth. »Alles Gute auch von mir. Meine Enkelin Caitlyn kennst du ja schon aus deiner Klasse.«
Immy machte erschrocken einen Schritt nach hinten, als das Mädchen, das gerade noch das Gatter zugemacht hatte, jetzt auf sie zukam. Immy musste blinzeln. Und gleich noch einmal.
Denn das Mädchen, das da vor ihr stand, war zwar Caitlyn, aber dann auch wieder nicht.
Es sah genauso aus wie die Caitlyn, die sie kannte, aber anstelle der dunkelbraunen Augen hatte es dieselben grünen Augen wie Elizabeth. Und sie war nicht dunkelhaarig, sondern genauso erdbeerblond wie Bridget. Endlich verstand

Immy. Die grünen Augen – die musste Bridgets Bruder weitergegeben haben. Wohingegen das erdbeerblonde Haar gemeinsam mit Bridget verschwunden war. Jetzt, mit der Rückkehr der beiden Mädchen, war es im ganzen Dorf wieder vorhanden.

Aber das waren nicht die einzigen Unterschiede. Die größte Veränderung bestand darin, dass Caitlyn nicht übellaunig dreinblickte, sondern fröhlich lächelte. Da sie nie mit dem wütenden Baum gelebt hatte, war sie ein glücklicher, ausgeglichener Mensch.

»Alles Gute, Immy!«, sagte Caitlyn und überreichte ihr strahlend ein großes, aber ziemlich schlampig eingepacktes Geschenk. »Du musst das gleich aufmachen. Nicht nur, weil es so elend aussieht, sondern weil ich es kaum erwarten kann. Na los, mach schon!«

Immy konnte den Blick nicht von diesem veränderten Mädchen wenden. Was sie schon in der Schule bemerkt hatte – die rötlichen Stellen im Haar, die hellere Farbe der Augen – das hatte der Baum gemacht. Er hatte seine Fehler korrigiert. Er hatte das Vergangene rückgängig gemacht. Das war es, was ihn so gequält und ihn so müde und krank gemacht hatte.

»Immy! Los jetzt!«, drängte Caitlyn.

Mit allergrößter Anstrengung konzentrierte sich Immy auf die simple Aufgabe des Geschenkeöffnens, wobei sich ihre Finger anfühlten, als bestünden sie ausschließlich aus Daumen.

Es war – eine Fußmatte. Eine Fußmatte mit einem großen Igel drauf.
»Ich fand, der sieht aus wie Speedy!«, sagte Caitlyn lachend.
Immy konnte nicht anders als zu nicken und zu lächeln.
»Bin gleich wieder da, okay? Ich möchte nur Erin und Zara begrüßen«, sagte Caitlyn und lief weg.
»Und ich setze mich jetzt erst mal auf den Stuhl dort drüben«, meinte Jean. »Heute war ja schon allerhand los.«
Damit standen nur noch Elizabeth und Immy zusammen und betrachteten die Party.
Und den Baum.
Den glücklichen, beerenbeladenen Baum, der den Menschen unter sich Schatten spendete und Schutz bot.
Ganz überwältigt von dem, was hier geschah, ließ Immy ungläubig den Blick schweifen, nach wie vor die Türmatte in der Hand.
Die Marmelade. Die Gästeliste. All diese Mädchen, die sie noch nie im Leben gesehen hatte. Der nicht existierende Ausflug in die Bibliothek. Es hatte den Anschein, als sei das alles gar nicht passiert. Der Baum hatte die Mädchen nicht geholt. Weder Bridget noch Elizabeth. Er hatte nicht jahrhundertelang das Dorf mit seiner schwarzen Wut drangsaliert. Und weil er das nicht getan hatte, war das Dorf auch vollkommen anders. Es gab Mädchen an der Schule. Bridget und Elizabeth hatten ein langes Leben gehabt und jeweils eine Familie gegründet. Caitlyn war Elizabeths Enkelin. Und sie war überhaupt nicht verbittert und bösartig.

Immy dachte über die vergangene Woche nach. Daran, wie Caitlyn »Tut mir leid« geflüstert und Immy ihr nicht geglaubt hatte. An die veränderten Haare. Ihre Augen. Und wie sie Immy in der Bücherei aufgesucht hatte, aber zu krank war, um etwas zu sagen. Um alles zu erklären.

Es war genau so gewesen, wie Erin an dem Tag gemeint hatte. *Es ist fast, als sei sie ein anderer Mensch.*

Und das war sie tatsächlich.

Immy betrachtete den Garten. Sie sah Caitlyns Vater, der ihrem eigenen Vater Tipps zur Heckenpflege gab. Außerdem den Vater von Erin, der beim Getränkeausschank half, während Riley sich mit Jean und Mrs. Garland unterhielt.

Und über allen Anwesenden natürlich den Baum.

Da stand er – prächtig, belaubt und überaus lebendig. Am Boden, unter ihren Füßen, waren seine weit verzweigten Wurzeln zu spüren, die jedem im Dorf Kraft, Sicherheit und Verbundenheit schenkten. Immy trat zu ihm und streichelte ihn. Nichts als Freundlichkeit und Liebe entströmten seiner Rinde.

Du hast sie zurückgeholt, dachte Immy in der Hoffnung, der Baum könne sie hören. *Das war, was dich krank gemacht hat. Du hast sie zurückgeholt, ohne zu wissen, ob du im Gegenzug etwas dafür bekommst.*

Ganz plötzlich wurde Immy von einem tiefen Gefühl des Friedens erfasst, als würde der Baum ihre Botschaft erwidern. Wie um die Verbindung nicht abbrechen zu lassen, ließ sie die Hand auf dem Stamm liegen und schloss die Augen.

Es funktionierte.

In ihrem Kopf erklang ein Wort, wieder und immer wieder.

Vergebung.

Immy machte die Augen wieder auf.

Mit einem Lächeln im Gesicht legte sie den Kopf nach hinten und hatte die beerenbeladenen Äste des Baums vor sich.

Vergebung.

Das war die Botschaft, die der Baum ihr sandte.

Indem er dem Dorf vergab und die Mädchen zurückholte, hatte der Baum auch sich selbst befreit.

Und in diesem Moment verstand Immy, warum ihr Vater den armen Bob besucht hatte.

Immy spürte eine Hand auf ihrer Schulter. Sie drehte sich um und erkannte Elizabeth, die ebenfalls den majestätischen Baum betrachtete.

Es dauerte eine Weile, bis wieder jemand sprach.

»Wie mag es wohl sein, wenn man so alt ist wie er? Was er wohl alles gesehen hat? Immer wieder denke ich, dass diese Bäume sehr weise sein müssen«, meinte Elizabeth schließlich.

»Ja«, erwiderte Immy, nachdem sie erneut den herrlichen, vollkommen knotenfreien Stamm gestreichelt hatte. »Da haben Sie wohl recht. Das sind sie. Und ganz besonders der hier.«

Die Autorin

Allison Rushby wuchs als Tochter einer Autorin mit einer umfassenden Diät aus klassischer englischer Literatur auf. Zu ihren Lieblingsbüchern – unzählige, eselsohrige Male gelesen – gehören Rumer Goddens *The Dolls' House*, Frances Hodgson Burnetts *Der geheime Garten*, Joyce Lankester Brisleys Milly-Molly-Mandy-Reihe und Noel Streatfeilds Schuh-Reihe. Sie liebt Städte mit weit zurückreichender und *sehr* verwickelter Geschichte, verwilderte und zugewachsene Friedhöfe, viktorianische Museen aus rotem Backstein, Füchse und Efeu. Sie hat beim Schreiben gern eine Tasse Darjeelingtee neben sich und eine Devon-Rex-Katze namens Claudia auf dem Schoß.

Die Illustratorin

Nina Schmidt, geboren 1980 in Rosenheim, studierte Kunstpädagogik, Kunstgeschichte und Psychologie in Augsburg und ist als Museumspädagogin in Stuttgart tätig. Ihre Begeisterung für die Natur schlägt sich in ihren Bildern, Collagen und Tuschezeichnungen nieder.
www.schmidtnina.de

Michelle Houts

Raureifzauber

Aus dem Englischen von Dieter Fuchs
Mit Illustrationen von Nina Schmidt

253 Seiten, gb.

Raureif verwandelt das dänische Lolland in ein magisches Winterwunderland. Doch die Welt gerät aus den Fugen, als ein Stallwichtel am Weihnachtsabend seinen Reispudding nicht bekommt. Ob es der 12-jährigen Bettina gelingt, in der Wichtelwelt für Versöhnung zu sorgen?

»Eine weise Wintergeschichte, die mit dem richtigen Gespür für die leisen Zwischentöne erzählt wird.«
Münchener Merkur

URACHHAUS

Gerlinde Kurz

Sophie und das verwunschene Haus

Mit Illustrationen von Britta Gotha

176 Seiten, gb.

Katzen! Immer müssen sie ihren eigenen Kopf haben, denkt Sophie, als ihr Kater sie in ein geheimnisvolles Haus lockt. Genauso geheimnisvoll wie das Haus ist seine Bewohnerin Theodora. Sophie fühlt sich sofort in den Bann der alten Dame mit ihren faszinierenden Geschichten gezogen und freundet sich mit ihr an.

»Eigentlich müsste auf dem Umschlag stehen: Für alle, die sich auf zarte Töne einlassen und für die Alter ganz und gar unwichtig ist.«

1001 Buch

URACHHAUS